세 마리 토끼 잡는

초등 독해력

A2

초등 1-2

NE 능률

이 책을 쓴 분들_

강영주(지에밥 창작연구소 대표, 작가, 〈세 마리 토끼 잡는 독서 논술〉 대표 필자)

김경선(작가, 〈세 마리 토끼 잡는 독서 논술〉 집필)

한화주(작가, 〈세 마리 토끼 잡는 독서 논술〉 집필)

한현주(작가, 〈세 마리 토끼 잡는 독서 논술〉 집필)

이현정(작가, 〈세 마리 토끼 잡는 독서 논술〉 집필)

이 책을 만든 분들_

박지영(작가, 기획 편집자), 채현애(기획 편집자), 박정의(기획 편집자),

권정희(기획 편집자), 지은혜(기획 편집자), 강영주(작가, 기획 편집자)

세 마리 토끼 잡는 초등 독해력 A단계 2권

개정판 5쇄: 2022년 2월 25일

총괄 김진홍 | **기획 및 편집** 지에밥 창작연구소 | **연구원** 이보영, 이자원, 박수희 | **펴낸이** 주민홍 | **펴낸곳** ㈜NE능률 | **디자인** 장현순, 윤혜민 | **그림** 우지현, 김잔디, 안지선, 김정진, 윤유리, 이덕진, 이창섭, 고수경, 장여회, 김규준, 김석류 | **영업** 한기영, 이경구, 박인규, 정철교, 김남준, 김남형, 이우현 | **마케팅** 박혜선, 고유진, 김여진 | **주소** 서울특별시 마포구 월드컵북로 396(상암동) 누리꿈스퀘어 비즈니스타워 10층 (우편번호 03925) | **전화** (02)2014-7114 | **팩스** (02)3142-0356 | **홈페이지** www.nebooks.co.kr | **ISBN** 979-11-253-3609-9 | 979-11-253-3614-3 (set)

제조년월 2022년 2월 제조사명 ㈜NE능률 제조국 대한민국 사용연령 8~9세(초등 1학년 수준)

독해 실력을 키워서 공부 능력자가 되어 보세요!

요즘 우리 아이들, 공부할 것이 참 많습니다. 국어, 영어, 수학, 과학, 사회, 예체능 어느 것 하나 소홀히 할 수 없지요. 그런데 이런 교과 공부를 할 때 가장 기본이 되는 것은 설명하는 내용이 무엇인지 아는 것입니다.

특히 학교 공부를 처음 시작하는 초등학생에게 글을 읽고 이해하는 일은 무엇보다 중요합니다. 즉, 독해는 도구 과목인 국어를 포함한 모든 과목에서 공부의 시작이자 끝이라고 할 수 있지요. 초등학교 때 독해를 소홀히 하다 보면 중·고등학교에 가서 교과서를 읽으면서도 그 내용을 이해하지 못하는 일이 생기기도 합니다.

그런데 독해력은 열심히 책만 읽는다고 해서 단기간에 키워지는 것이 아닙니다. 꾸준히 글을 읽고 이해하는 연습을 지속적으로 해야 비로소 실력이 생겨나는 것이지요. 그러므로 독해 연습은 단계적이고 체계적으로 하는 것이 중요합니다.

〈세 마리 토끼 잡는 초등 독해력〉은 이 중요한 독해의 방법을 제시하기 위해 기획된 시리즈입니다. 이 시리즈의 구성 원리는 다음과 같습니다.

1. 초등학생이 교과를 이해하는 데 필요한 독해의 전 과정을 담는다

교과의 기본이 되는 글의 내용을 쉽게 이해하는 사실 독해로 시작하여 글 속에 숨은 뜻을 짐작하고 비판하는 추론 독해, 읽은 것을 발전시켜서 창의적으로 문제를 해결하는 문제해결 독해로 이어지는 독해의 전 과정을 체계적으로 담았습니다.

2. 다양한 독해 활동을 통해 독해를 쉽고 재미있게 학습하도록 구성한다

독해의 원리에 흥미롭게 다가갈 수 있도록 주제 활동, 유형 연습, 실전 학습 등을 다양하게 단계적으로 구성하였습니다. 이때 글과 쉽게 친해질 수 있도록 동화, 역사, 사회, 과학, 예술 분야의 전문 필진과 초등 교육 과정 전문 선생님들이 함께 노력을 기울였습니다. 이 밖에도 독해의 배경지식이 되는 어휘, 속담, 문법, 독서 방법 등의 읽을거리를 충분히 실었습니다.

〈세 마리 토끼 잡는 초등 독해력〉을 통해 토끼처럼 귀여운 우리 아이들이 독해 자신감, 공부 자신감을 얻어서 최고의 독해 능력자가 되기를 기대하며 응원하겠습니다.

세 마리 토끼 잡는 초등 독해력 은 어떤 책인가요?

1 독해의 세 가지 원리를 한번에 잡는 책

독해는 글을 읽고 뜻을 이해하는 것입니다. 이때 뜻을 이해한다는 것은 글에 드러난 정보나 주제뿐 아니라 숨어 있는 글쓴이의 의도나 생략된 내용을 짐작하고 읽는 사람의 생각과 느낌을 고려한 표현까지 이해하는 것입니다. 〈세 마리 토끼 잡는 초등 독해력〉은 사실 독해, 추론 독해, 문제해결 독해로 이어지는 독해의 원리를 단계적으로 키워서 독해 능력을 한번에 완성하도록 도와줍니다.

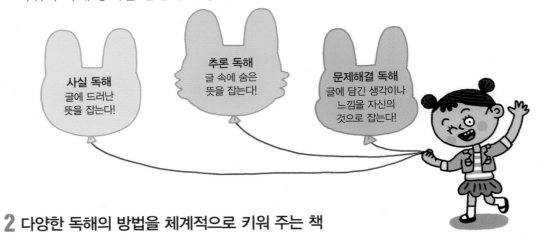

2 다양한 독해의 방법을 체계적으로 키워 주는 책

설명문, 논설문과 같은 글을 읽을 때와 시, 소설을 읽을 때는 글의 내용을 이해하는 방법이 조금 다릅니다. 비문학적인 글을 읽을 때에는 글에 나타난 정보나 사실을 이해하여 주제나 중심 생각을 파악해야 합니다. 그리고 문학적인 글을 읽을 때에는 주제뿐 아니라 글 속에 숨은 의미와 분위기, 표현 방법을 살펴서 글쓴이의 의도를 미루어 짐작하고 그에 대한 나의 생각이나 느낌도 표현할 수 있어야 합니다. 〈세 마리 토끼 잡는 초등 독해력〉은 독해 개념부터 유형 연습, 실전 문제에 이르기까지 독해의 다양한 방법을 체계적으로 키워 줍니다.

3 다양한 교과 관련 배경지식을 키워 주는 책

글을 읽을 때는 낱말이나 문장을 과목에 따라 다르게 해석해야 하는 경우가 있습니다. 국어 과목에서는 동요의 노랫말처럼 '달'을 보고 '토끼가 떡방아를 찧는 것 같다'고 표현하는가 하면 과학 과목에서는 '아무도 살지 않는 지구 주위를 돌고 있는 위성' 혹은 '지구와 가장 가까운 천체'로 보기도 합니다. 〈세 마리 토끼 잡는 초등 독해력〉은 과목에 따라 다른 의미로 해석되는 다양한 영역의 글을 수록하여 도구 과목인 국어 과목뿐 아니라 사회, 과학, 예체능 등 다양한 교과 공부에 도움을 주는 배경지식을 키울 수 있습니다.

4 다원적 사고 능력을 열어 주는 책

독해력은 글의 내용을 이해·감상하고 자신의 관점으로 비판하며 창의적으로 표현하는 능력을 갖추는 고차원의 사고 능력입니다. 특히 서술형과 같은 문제 유형으로 자신의 생각을 창의적으로 표현해야 하는 경우에는 이와 같은 능력이 더욱 요구됩니다. 〈세 마리 토끼 잡는 초등 독해력〉은 독해력을 구성하는 이해력, 구조 파악 능력, 어휘력, 추리·상상적 사고 능력, 비판적 사고 능력, 문제 해결 능력 등 다원적 사고 능력을 골고루 계발하여 어떠한 문제 상황도 너끈히 해결할 수 있도록 도와줍니다.

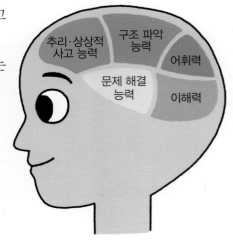

세 마리 토끼 잡는 초등 독해력 은 어떻게 이루어져 있나요?

1 전체 구성

　　〈세 마리 토끼 잡는 초등 독해력〉은 학년과 학기의 난이도에 따라 6단계 12권으로 이루어져 있습니다. 이 책은 각 학년과 학기의 학습 목표에 맞는 독해 주제를 단계적으로 구성하였으므로, 그에 맞게 선택해서 공부할 수 있습니다. 하지만 학습자의 독해 능력에 맞게 단계를 조정하여 선택하면 더욱 효과적입니다.

단계	A단계		B단계		C단계		D단계		E단계		F단계	
권 수	2권		2권		2권		2권		2권		2권	
단계 이름	A1	A2	B1	B2	C1	C2	D1	D2	E1	E2	F1	F2
학년-학기	1-1	1-2	2-1	2-2	3-1	3-2	4-1	4-2	5-1	5-2	6-1	6-2
학습일	각 권 20일											
1일 분량	매일 6쪽											

2 권 구성

　　〈세 마리 토끼 잡는 초등 독해력〉한 권은 학습 내용에 따라 PART1, PART2, PART3으로 나누어져 있습니다. 학년별 난이도에 따라 각 PART의 분량이 다릅니다.

PART1 **사실 독해** (1~2주 분량)

　　독해에서 가장 기본이 되는 부분으로, 글에 나타난 정보나 사실을 확인하는 내용을 주로 담고 있습니다. 이 부분에서는 글에서 정보를 찾아보고, 이를 바탕으로 중심 내용과 주제, 글의 구조와 전개 방식을 파악하며 읽는 방법을 배웁니다. 이 부분은 독해를 처음 접하는 저학년일수록 분량이 많고, 고학년으로 갈수록 분량이 줄어듭니다.

단계별 구성(저학년은 분량이 많고, 고학년은 분량이 적습니다. A~C단계: 2주분 / D~F단계: 1주분)

A단계	B단계	C단계	D단계	E단계	F단계
글자, 낱말, 문장 알기	마음을 나타내는 말 알기	설명하는 글을 읽은 경험 찾기	생각이나 느낌이 다른 까닭 알기	기행문의 특성 알기	인물, 사건, 배경의 관계 알기

PART 2 추론 독해 (1~2주 분량)

독해 능력이 발전하는 부분으로, 글에 드러난 것을 파악하는 것을 뛰어넘어 글에 숨겨진 뜻을 짐작하고 비판하는 내용을 담았습니다. 이 부분에서는 글에 나타난 정보를 짐작해 보고 생략된 내용이나 숨겨진 주제, 글을 쓴 목적을 찾아보며 글을 읽는 방법을 익힙니다. 그리고 글에 드러난 관점이나 글쓴이의 주장과 근거, 표현 방법 등을 비판하며 읽는 방법도 배웁니다. 이 부분은 저학년일수록 분량이 적고, 고학년으로 갈수록 분량이 늘어납니다.

단계별 구성(저학년은 분량이 적고 고학년은 분량이 많습니다. A~C단계: 1주분/ D~F단계: 2주분)

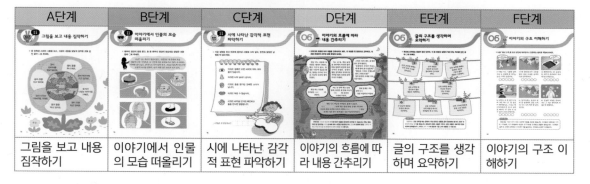

A단계	B단계	C단계	D단계	E단계	F단계
그림을 보고 내용 짐작하기	이야기에서 인물의 모습 떠올리기	시에 나타난 감각적 표현 파악하기	이야기의 흐름에 따라 내용 간추리기	글의 구조를 생각하며 요약하기	이야기의 구조 이해하기

PART 3 문제해결 독해 (1주 분량)

글의 내용을 자신의 상황에 창의적으로 적용하는 고차원적 독해 능력을 키우는 부분입니다. 이 부분에서는 글에서 감동적인 부분을 찾아 글쓴이의 마음에 공감하고, 글을 읽고 난 감동을 표현하며 읽습니다. 글에 나타난 다양한 문제 상황과 해결 방법을 나의 생활에 적용하며 창의적으로 읽는 방법을 배웁니다.

단계별 구성(저학년과 고학년 같은 분량입니다. A~F단계: 1주분)

A단계	B단계	C단계	D단계	E단계	F단계
이야기를 읽고 느낌 표현하기	시 속 인물의 마음 상상하기	원인과 결과를 생각하며 이야기 꾸미기	시에 대한 생각이나 느낌 표현하기	글을 읽고 문제 상황에 알맞은 의견 마련하기	인물이 추구하는 가치와 자신의 삶 관련짓기

세 마리 토끼 잡는 초등 독해력 1일 학습은 **어떻게** 짜여 있나요?

개념 활동 재미있게 활동하며 독해의 원리를 익힙니다 (2쪽)

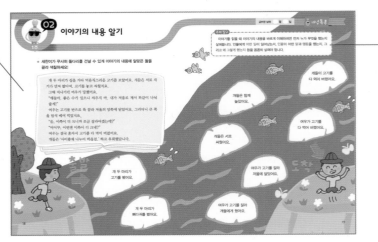

개념 활동

매일 익힐 독해의 개념을 재미있는 활동과 간단한 문제로 알아볼 수 있습니다. 퀴즈, 미로 찾기, 색칠하기, 사다리타기, 만들기 등 다양하고 재미있는 활동을 통해 독해의 원리를 입체적으로 배울 수 있습니다.

주제 탐구

개념 활동을 하며 살펴본 독해의 원리로 학습 주제를 살펴볼 수 있습니다. 이곳에서 앞으로 공부할 주제를 한눈에 확인할 수 있습니다.

독해력 활짝 짧은 글로 유형을 연습하며 독해력을 넓힙니다 (2쪽)

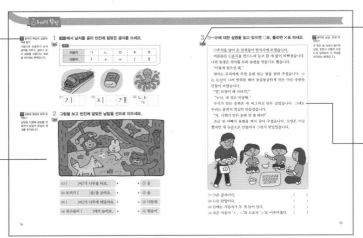

유형 설명

주제와 관련된 여러 유형을 나누어 핵심 평가 요소를 확인합니다.

유형 문제 연습

다양한 유형을 익힐 수 있는 독해 문제가 제시되어 있습니다.

관련 교과명

지문과 관련된 교과명이 표시되어 있습니다.

짧은 글 독해

유형과 관련 있는 짧은 글을 읽으며 문제의 출제 의도를 파악합니다.

독해력 쑥쑥 긴 글로 실전 문제를 풀며 독해력을 키웁니다 (2쪽)

글의 개관
글의 종류, 특징, 중심 내용, 낱말 풀이 등으로 글에 대한 이해를 돕습니다.

긴 글 독해
시, 동화, 소설, 편지, 일기, 설명문, 논설문 등 다양한 갈래의 글이 수록되어 있습니다.

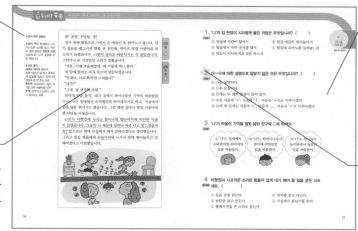

실전 문제
이해, 구조, 어휘, 추론, 비판, 문제해결 등과 관련된 다양한 실전 문제가 수록되어 있습니다.

핵심 문제
해당 주제의 핵심 문제는 노란색 별로 표시되어 있습니다.

독해 플러스 독해력을 돕는 배경지식을 알아봅니다

한 주 동안의 학습을 마무리하면서 독해와 관련된 배경지식을 살펴봅니다. 어휘, 속담, 고사성어, 문법, 독서의 방법 등 독해에 꼭 필요한 내용을 재미있는 만화를 통해 익히고, 간단한 문제로 확인해 봅니다.

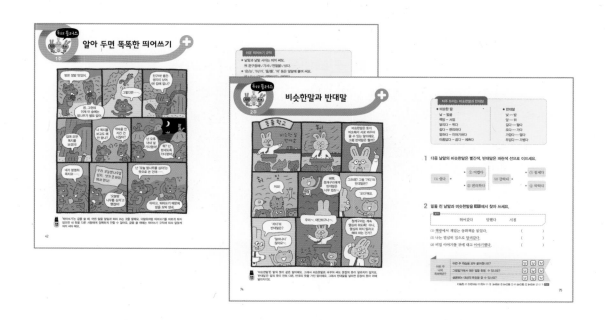

세 마리 토끼 잡는 초등 독해력 이렇게 공부해요

1 매일매일 꾸준히 공부해요

〈세 마리 토끼 잡는 초등 독해력〉은 매일 6쪽씩 꾸준히 공부하는 책이에요. 재미있는 개념 활동으로 시작해서 학교 시험에 도움되는 실전 문제에 이르기까지 지루하지 않게 공부할 수 있지요. 공부가 끝나면 '○주 ○일 학습 끝!' 붙임 딱지를 붙여 보세요.

2 지문에 실린 책이나 교과서를 찾아 읽어 보아요

하루 공부를 마치고 나면, 본문 지문에 나온 책이나 교과서를 찾아 읽어 보세요. 본문에는 책의 전권을 싣기 힘들기 때문에 가장 대표적인 부분을 발췌했기 때문이지요. 본문을 읽다 보면 뒷이야기가 궁금해지거나 교과 내용이 궁금해져서 자연스럽게 찾아 읽게 될 거예요. 이 과정을 거듭하다 보면 독해 능력자가 될 수 있답니다.

3 지문에 실린 모르는 내용을 사전이나 인터넷을 찾아 읽어 보아요

독해 지문이 술술 읽히지 않는다면 낱말이나 문장을 이해하지 못하는 것입니다. 모르는 낱말이나 어구, 관용 표현 등을 국어사전으로 찾아보고, 비슷한말로 바꾸어 보며 내용을 온전히 자신의 것으로 만들어 보세요. 그리고 더 알고 싶은 것은 책이나 인터넷 백과사전을 검색하며 깊이 있게 공부해 보세요.

한 주 학습표	월	화	수	목	금	토
	매일 6쪽씩 학습하고, '○주 ○일 학습 끝!' 붙임 딱지 붙이기					주요 내용 복습하기

세 마리 토끼 잡는
초등 독해력

A2
초등 1-2

PART 1

사실 독해

글에 드러난 정보를 찾아보고 이를 바탕으로 중심 내용과 주제,
글의 구조와 전개 방식 등을 파악하며 읽는 방법을 배워요.

contents

01 재미있게 읽은 책 소개하기

★ 친구들이 재미있게 읽은 책을 소개했어요. 소개한 책 가운데에서 읽고
싶은 책을 골라 색칠하세요.

『반쪽이』의 주인공은
몸이 반쪽뿐인 아이야.
하지만 바위를 번쩍 들고,
호랑이도 물리칠 만큼
힘이 세.

『곤충의 세계』는
벌과 나비, 잠자리,
메뚜기 같은 곤충에
대해 알려 주는 책이야.

이 책에는 방귀 시합을
벌이는 내용이 나오는데,
방귀를 뀌자 절구통이 날아가는
장면이 가장 재미있었어.
방귀 시합
뿡
민속놀이
『민속놀이』를 보면,
예로부터 전해 내려오는
재미있는 민속놀이를
알 수 있어.

주제 탐구

재미있게 읽은 책들을 떠올린 다음, 소개할 책을 정합니다. 그 책을 소개하고 싶은 까닭도 생각해 봅니다. 재미있게 읽은 책을 소개할 때는 책의 제목, 나오는 인물, 재미있는 부분, 새롭게 알게 된 점 등을 소개합니다.

🙂 독해력 활짝

유형 1 인물 소개하기

이야기에 나오는 주인공을 소개하려면 엄지 공주의 이름, 모습, 성격, 특징, 사는 곳 등을 알아봅니다.

1 국어 이 글에 나오는 인물을 소개한 내용으로 맞으면 ○표, 틀리면 ✕표 하세요.

> 부인은 씨앗을 화분에 심고 정성껏 길렀지요.
> 얼마 뒤, 튤립처럼 생긴 꽃봉오리가 생겼어요.
> "참 아름답구나."
> 부인이 꽃에 입을 맞추자 꽃봉오리가 활짝 열렸어요. 꽃 속에는 엄지손가락만 한 여자아이가 앉아 있었지요. 부인은 기뻐하며 아이에게 '엄지 공주'라는 이름을 붙여 주었어요.
>
> 한스 크리스티안 안데르센, 「엄지 공주」

(1) 엄지 공주는 남자아이이다. ( )

(2) 엄지 공주는 꽃 속에서 나왔다. ( )

(3) 엄지 공주는 엄지손가락만 하다. ( )

유형 2 새롭게 알게 된 점 소개하기

지구에 처음 나타난 사람들을 설명하는 글을 읽고 새롭게 알게 된 점을 알아봅니다.

구부정하고 조금 구부러져 있고.

2 바슬즐 이 글을 읽고, 새롭게 알게 된 점을 알맞게 말한 친구에 ○표 하세요.

> 까마득히 먼 옛날, 지구에 처음 나타난 사람들은 허리는 구부정하고, 몸은 북슬북슬 털투성이였지요. 그 사람들은 농사를 지을 줄 몰랐어요. 그래서 식물의 열매를 따 먹고, 나무뿌리를 캐 먹었어요. 먹을거리를 찾아 이곳저곳 떠돌며 살았답니다.

(1) 지구에 처음 나타난 사람들은 똑바로 서서 걸었대.

(2) 처음부터 사람들은 농사를 짓고 살았어.

(3) 먼 옛날 사람들은 이곳저곳 떠돌며 살았다고 해.

3 글쓴이가 재미있게 읽었다고 소개한 부분에 알맞은 그림을 찾아 기호를 쓰세요. (   )

유형 3 글쓴이가 소개한 재미 있는 장면 찾기

글쓴이가 재미있게 읽었다고 소개한 부분을 찾고 그에 어울리는 그림을 고르는 문제입니다.

애벌레 알에서 나온 후 아직 다 자라지 아니한 벌레.

애들아! 『훨훨 호랑나비』라는 책을 소개할게. 이 책은 크고 아름다운 날개를 가진 호랑나비에 대해 자세히 알려 주는 책이야.

나는 책에서 어린 호랑나비 애벌레를 설명하는 장면이 아주 재미있었어. 호랑나비는 예쁘지만, 어린 호랑나비 애벌레는 전혀 예쁘지 않아. 지저분한 새똥처럼 생겼거든. 어린 호랑나비 애벌레는 작고 약하기 때문에 새들의 먹이가 되기 쉬워. 그런데 새똥처럼 생긴 덕분에 새들의 눈을 속일 수 있지. 새들이 '에그그! 더러운 똥이구나.' 하면서 다가오지 않는 거야.

내가 재미있게 읽은 장면을 그림으로 멋지게 그려 보았어. 한번 볼래?

㉮

㉯

㉰

㉱

15

● 글의 종류 독서 감상문

● 글의 특징 『붕붕 벌새』라는 책을 읽고, 책을 읽게 된 까닭, 책의 내용과 그에 대한 생각이나 느낌 등을 쓴 독서 감상문입니다.

● 낱말 풀이
날갯짓 날개를 치는 것.
공중 하늘과 땅 사이의 빈 곳.

지문 ★ ★ ☆

낱말 ★ ★ ☆

『붕붕 벌새』라는 책을 읽었습니다.

도서관에 갔다가 우연히 이 책을 보고, 벌새가 어떤 새인지 궁금해서 책을 빌려서 읽게 되었습니다.

『붕붕 벌새』는 벌새의 생김새와 먹이, 나는 법 등을 자세히 설명한 책입니다. 벌새는 새 가운데서 가장 작은 새로, 크기가 엄지손가락만 합니다. 그리고 벌과 닮은 점이 많아서 이름이 벌새입니다. 벌이 날 때 ㉠붕붕 날갯짓 소리가 나는 것처럼 벌새도 붕붕 소리를 내면서 납니다. 또 벌새는 곤충을 잡아먹기도 하지만, 꽃의 꿀을 빨아먹는 것을 좋아합니다.

벌새는 나는 실력이 아주 뛰어납니다. 날갯짓을 하면서 한자리에 떠 있을 수 있고, 뒤로도 움직일 수 있습니다. 공중에서 날면서 뒤로 움직이는 것은 벌새만 할 수 있는 일입니다.

책에서 벌새가 나는 방법을 설명한 부분이 가장 재미있었습니다. 공중에 뜬 채로 뒤로 움직일 수 있다니, 정말 신기했습니다. 벌새가 크기는 작지만, 아주 멋진 새라는 생각이 들었습니다.

붕붕

1 이 글에 대한 알맞은 설명에 ○표 하세요.

이해

(1)『붕붕 벌새』라는 책을 읽고 쓴 글이다. ( )

(2) 벌새와 있었던 일을 사실대로 쓴 글이다. ( )

(3) 벌새를 상상해서 이야기로 꾸며 쓴 글이다. ( )

1주 1일
학습 끝!

붙임 딱지 붙여요.

2 벌새에 대한 설명으로 알맞지 <u>않은</u> 것은 무엇입니까? ( )

이해

① 붕붕 소리를 내며 난다.

② 곤충을 잡아먹기도 한다.

③ 크기가 엄지손가락만큼 작다.

④ 벌을 잡아먹어서 이름이 벌새이다.

⑤ 날갯짓을 하면서 한자리에 떠 있을 수 있다.

3 ㉠은 무엇을 흉내 내는 말인지 찾아 기호를 쓰세요. ( )

어휘

> ㉮ 벌이 날 때 나는 소리를 흉내 내는 말
> ㉯ 꿀을 빨아먹을 때 나는 소리를 흉내 내는 말
> ㉰ 큰 새가 하늘을 날아가는 모습을 흉내 내는 말

4 글쓴이가 책에서 가장 재미있게 읽은 부분을 알맞게 말한 친구에 ○표 하세요.

이해

(1) 벌새는 새의 한 종류인데, 꽃의 꿀을 먹어.

(2) 벌새는 공중에 뜬 채로 뒤로 움직일 수 있어. 신기하지?

(3) 도서관에서 『붕붕 벌새』라는 책을 빌려 봤어.

소리나 모양을 떠올리며 시 읽기

★ 다음을 읽고 떠오르는 소리나 모양에 어울리는 그림을 골라 기호를 쓰세요.

졸졸졸 노래하는 시냇물

나풀나풀 춤추는 나비

폴짝폴짝 뛰는 개구리

햇볕이 쨍쨍

주제 탐구

　시를 읽으며 장면을 떠올릴 수 있습니다. 글쓴이가 시에 사용한 흉내 내는 말을 찾아 읽으면 소리나 모양을 떠올릴 수 있습니다. 흉내 내는 말이 담긴 시를 읽으면 재미있고, 장면이 잘 떠올라 기억에 오래 남습니다.

1 이 시에서 소리나 모양을 흉내 내는 말을 <u>두 가지</u> 찾아 쓰세요.

국어

오리

박수희

시원한 물속에서   조용한 숲속에서
첨벙첨벙   꽥꽥
날개를 파닥파닥   다리를 뒤뚱뒤뚱
저 멀리 날아가지요   저 멀리 걸어가지요.

,

2 이 시에서 흉내 내는 말이 표현하는 것을 선으로 이으세요.

국어

좋겠다

서정숙

꽃잎은 좋겠다   나무는 좋겠다.
방울방울 이슬이   주룩주룩 소낙비가
닦아 주니까.   씻어 주니까.

(1) 방울방울   •   • ① 소낙비가 내리는 소리

(2) 주룩주룩   •   • ② 꽃잎에 이슬이 맺힌 모양

3 이 시를 읽고 떠올린 모습으로 알맞은 그림을 찾아 기호를 쓰세요. (   )

국어

> ## 우산
>
> 윤석중
>
> 이슬비
> 내리는
> 이른 아침에
> 우산 셋이 나란히
> 걸어갑니다.
> 파랑 우산
> 깜장 우산
> 찢어진 우산
>
> 좁다란 학교 길에
> 우산 세 개가
> 이마를 마주 대고
> 걸어갑니다.

유형 3 시를 읽고 떠오르는 장면 찾기

이슬비가 내리는 날 아침 풍경을 그린 시를 읽고 떠오르는 장면을 파악하는 문제입니다.

이슬비 아주 가늘게 내리는 비.

● 글의 종류 동시

● 글의 특징 다람쥐의 행동을 흉내 내는 말을 사용해 생생하게 표현한 시입니다. 동글동글, 갉작갉작, 쪼르르 등 흉내 내는 말이 많이 쓰였습니다.

● 중심 내용
1연 다람쥐가 앞발로 도토리를 굴려 먹음.
2연 다람쥐가 앞니로 밤톨을 갉아 먹음.
3연 다람쥐가 눈을 빛내며 귀를 쫑긋 세움.
4연 다람쥐가 꼬리를 치켜들고 어디론가 달려감.

● 낱말 풀이
앞니 앞쪽의 이빨.

지문
★ ☆ ☆

낱말
★ ★ ☆

쪼르르

문삼석

앞발로 동글동글
도토리 굴려 먹고,

앞니로 갉작갉작
밤톨도 갉아 먹고,

눈 반짝! 귀 쫑긋!
귀여운 다람쥐야!

황금 꼬리 치켜들고
쪼르르 어딜 가니?

22

1 이 시는 무엇에 대해 썼습니까? (   )

① 앞니   ② 꼬리   ③ 밤톨

④ 다람쥐   ⑤ 도토리

2 다람쥐가 앞니로 밤톨을 갉아 먹는 모습을 나타낸 흉내 내는 말을 찾
어휘 아 쓰세요.

3 이 시의 말하는 이는 다람쥐를 어떻게 생각하는지 기호를 찾아 <u>모두</u>
추론 쓰세요.

> ㉮ 다람쥐가 귀엽다고 생각한다.
> ㉯ 다람쥐 앞발이 동글동글하다고 생각한다.
> ㉰ 다람쥐 꼬리 색깔이 황금빛 같다고 생각한다.

(   )

4 이 시를 읽고 떠오르는 장면으로 알맞지 <u>않은</u> 것에 ○표를 하세요.
추론

(1) 공이 데굴데굴 굴러가는 모습이 떠올라.

(2) 다람쥐가 쪼르르 달려가는 모습이 떠올라.

(3) 다람쥐가 눈을 반짝이며 귀를 쫑긋 세운 모습이 그려져.

03 소리나 모양을 떠올리며 이야기 읽기

★ 이야기를 읽고 소리나 모양을 떠올려 알맞은 장면을 찾아 선으로 이으세요.

방귀쟁이 며느리가
삼 년이나 참았던 방귀를 힘껏
뀌었어요.

호랑이가 산꼭대기에서
떡시루를 굴리자, 떡시루가
빠르게 굴러 내려갔어요.

할아버지가 빨간 부채로 부채질을 하자 코가 점점 길어졌어요.

늑대가 입으로 세게 바람을 불었어요. 그러자 첫째 돼지와 볏짚으로 만든 집이 날아가 버렸어요.

후욱!

쓱쓱!

주제 탐구

　이야기를 읽고 장면을 떠올리려면 소리나 모양을 흉내 내는 말, 인물의 말과 행동, 생김새 등을 살펴봅니다. 그리고 어디에서 벌어진 일인지, 어떤 상황인지도 파악해 봅니다.

유형 1 **이야기에 어울리는 흉내 내는 말 찾기**

인물이 처한 상황과 행동에 어울리는 흉내 내는 말을 찾는 문제입니다.

1 빈칸에 알맞은 소리나 모양을 흉내 내는 말을 보기에서 찾아 쓰세요.

> "이 많은 벼의 껍질을 언제 다 벗기고 잔치에 간담."
> 콩쥐가 ㉠ 울고 있을 때, 참새들이 포르르 날아왔어요.
> "짹짹. 콩쥐야, 우리가 도와줄게."
> 참새들은 작은 부리로 벼를 ㉡ 쪼아 껍질을 벗겼어요.
> "참새들아, 고마워!"

보기

| 콕콕 | 쿵덕쿵덕 | 훌쩍훌쩍 | 드르렁드르렁 |

(1) ㉠: (　　　　　　　　)　　　　(2) ㉡: (　　　　　　　　)

유형 2 **이야기를 읽고 흉내 내는 말 떠올리기**

글에서 일어난 일과 상황에 알맞은 흉내 내는 말을 떠올려 봅니다.

늠름한 생김새나 태도가 의젓하고 당당한.

2 이야기를 읽고 떠오르는 흉내 내는 말을 알맞게 말한 친구를 모두 찾아 ○표 하세요.

> 인어 공주가 배 안의 늠름한 왕자를 보고 있을 때였어요.
> 갑자기 파도가 거세지더니, 폭풍우가 몰아쳤어요. 번개가 번쩍이고, 요란한 천둥소리가 들렸지요. 산처럼 커다란 파도가 배를 삼켜 버렸어요.
> "앗! 왕자님이 위험해!"
> 인어 공주는 거센 물살을 헤치며 나아갔어요.

한스 크리스티안 안데르센, 『인어 공주』

(1) '철썩철썩' 파도 소리가 떠올라.

(2) 천둥소리가 '우르르 쾅쾅!' 날 것 같아.

(3) '살랑살랑' 웃음소리가 떠올라.

3 이야기를 읽고 떠오르는 장면의 기호를 쓰세요. (   )

국어

> 옛날에 잘난 척하기 좋아하는 이리가 살았습니다.
> 해가 뉘엿뉘엿 질 무렵 이리가 들판을 성큼성큼 걸어갈 때였습니다. 이리의 그림자가 땅 위로 길게 드리웠습니다.
> "우아! 이제 보니 나는 아주 크구나. 사자도 두려워할 필요가 없겠어. 내가 동물의 왕이 되어야겠는걸?"
> 이리는 자신의 그림자를 보고 말했습니다. 그러고는 얼마쯤 가다가 마침 사자를 만났습니다. 이리는 으쓱으쓱 으스대며 사자에게 쩌렁쩌렁 큰소리를 쳤습니다.
> "이 녀석 사자야! 내게 무릎을 꿇어라!"

유형 3 이야기를 읽고 떠오르는 장면 파악하기

인물의 말과 행동, 처한 상황, 흉내 내는 말을 살펴보며 떠오르는 장면을 파악하는 문제입니다.

뉘엿뉘엿 해가 곧 지려고 산이나 지평선 너머로 조금씩 차츰 넘어가는 모양.

●글의 종류 이야기(동화)

●글의 특징 이 이야기는 「엄지 동자」의 한 부분입니다. 주어진 글은 괴물이 요술 장화를 신고 엄지 동자와 형들을 쫓아오자, 엄지 동자가 괴물이 잠든 사이에 요술 장화를 벗겨서 신고 위험에서 벗어나는 장면입니다.

●낱말 풀이
동자 남자아이.
장화 가죽이나 고무로 목이 길게 올라오게 만든 신발.
단숨에 쉬지 아니하고 곧장.

지문 ★☆☆

낱말 ★★☆

엄지 동자는 여섯 형과 무서운 괴물의 집에서 도망쳤어요.

괴물은 요술 장화를 신고, 단숨에 아이들을 쫓아왔어요. 요술 장화를 신으면 한걸음에 산을 넘고, 또 한걸음에 강도 넘을 수 있었거든요.

쿵! 쿵! 괴물이 쫓아오는 발소리에 엄지 동자와 형들은 커다란 바위 뒤에 꼭꼭 몸을 숨겼어요. 그런데 괴물이 바위 앞에 멈추어 서서 중얼거렸어요.

"휴, 힘들다. 여기서 좀 쉬었다가 가야겠어. 요술 장화를 신으면 빨리 갈 수 있지만, 그만큼 힘들단 말이야."

괴물은 넓은 바위에 드러눕자마자 ⊙ 코를 골며 깊게 잠들었어요.

엄지 동자는 형들에게 속삭였어요.

"형, 어서 집으로 도망쳐. 나도 곧 따라갈게."

형들이 떠난 뒤, 엄지 동자는 괴물에게 ⓒ 다가갔어요. 조심스럽게 요술 장화를 벗겨서 신어 보았지요. 그러자 커다랗던 괴물의 요술 장화가 엄지 동자의 발에 꼭 맞게 스르르 줄어들었어요.

엄지 동자가 걸음을 내딛자, 몸이 깃털처럼 가볍게 붕 떠올랐어요. 엄지 동자는 한걸음에 괴물의 곁에서 멀어졌어요.

샤를 페로, 「엄지 동자」

1 이 글의 내용으로 알맞지 <u>않은</u> 것은 무엇입니까? (   )

이해

① 엄지 동자에게는 여섯 형이 있다.

② 요술 장화를 신으면 한걸음에 산을 넘을 수 있다.

③ 괴물은 아이들이 바위 뒤에 숨은 것을 알지 못했다.

④ 요술 장화를 신으면 빨리 갈 수 있지만 그만큼 힘들다.

⑤ 엄지 동자가 요술 장화를 신고 깃털로 변해서 날아갔다.

2 이 이야기를 읽고 떠오르는 장면을 <u>잘못</u> 말한 친구에 ○표 하세요.

추론

(1) 엄지 동자와 형들이 바위 위에 드러누워서 쉬는 모습이 떠올라.

(2) 엄지 동자가 요술 장화를 신고 금세 괴물에게 멀어지는 모습이 떠올라.

(3) 무서운 괴물이 빠르게 아이들을 쫓아오는 모습이 떠올라.

3 파란색으로 쓰인 부분을 바르게 띄어 쓰세요.

어휘

4 ㉠과 ㉡에 들어갈 알맞은 흉내 내는 말을 보기 에서 골라 쓰세요.

추론

보기

| 쿵쿵 | 살금살금 | 새근새근 | 드르렁드르렁 |

(1) ㉠: (   )   (2) ㉡: (   )

29

04 겹받침이 들어 있는 글 읽기

★ 그림에 알맞은 낱말을 살펴보며, 실선으로 된 겹받침을 따라 쓰세요.

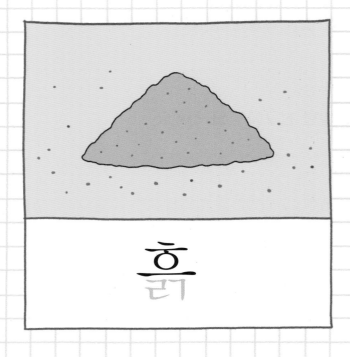

흙

넓다

아이스크림을 핥다

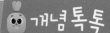

의자에 **앉다**

달걀을 **삶다**

구멍을 **뚫다**

주제 탐구

　겹받침이란 서로 다른 두 개의 자음으로 이루어진 받침입니다. 'ㄳ', 'ㄵ', 'ㄶ', 'ㄺ', 'ㄻ', 'ㄼ', 'ㄾ', 'ㅀ', 'ㅄ' 등의 겹받침이 있습니다.

서로 다른 두 개의 자음으로 이루어진 겹받침을 알아보는 문제입니다.

짊어지고 짐 따위를 뭉뚱그려서 지고.

1 파란색으로 쓰인 문장에서 겹받침이 쓰인 글자에 동그라미를 하세요.

바슬즐

달팽이는 콩알보다 작은 알을 깨고 나와요. 알에서 나올 때부터 등에 껍데기 집을 짊어지고 있지요. 갓 깨어난 새끼 달팽이는 크기도 작고, 등껍데기도 말랑말랑해요.

새끼 달팽이는 길쭉한 한 개의 발로, 느릿느릿 풀잎을 향해 기어가요. 입으로 풀잎을 사각사각 갉아 먹어요. 새끼 달팽이가 자라면서 등껍데기도 커지고 단단해져요.

겹받침에 쓰인 자음자를 알아보는 문제입니다.

2 ㉠의 겹받침에 쓰인 자음자는 무엇과 무엇인지 쓰세요.

수학

하얀 종이에 연필로 점 하나를 콕! 찍고, 좀 떨어진 곳에 또 점 하나를 찍어 보세요. 그 두 점을 선으로 연결해 보세요. 점을 연결한 선은 구불구불할 수도 있고, 삐뚤빼뚤할 수도 있고, 곧을 수도 있어요.

이 가운데서 두 점을 연결한 선의 길이가 가장 ㉠짧은 것은 곧은 선이에요. 이 선을 '직선'이라고 부른답니다.

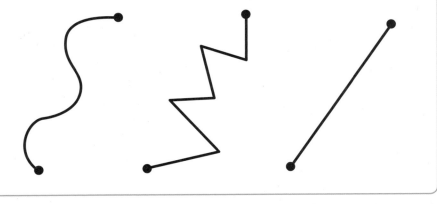

( )와/과 ( )

3 ⊙과 ⓒ의 빈칸에 알맞은 겹받침을 보기 에서 찾아 쓰세요.

유형
3 낱말에 알맞은 겹받침 알기

글과 그림을 보며 알맞은 글자에 들어갈 겹받침을 찾아보는 문제입니다.

송곳니 앞니와 어금니 사이에 있는 뾰족한 이.

바슬즐

하마는 머리가 큼지막하고 몸통이 둥그렇게 생겼어. 다리가 ⊙ 고, 꼬리는 짧지. 입이 넓적하고 커다란데, 입 안에 단단하고 날카로운 송곳니가 있어. 하마의 송곳니는 두꺼운 악어 가죽도 뚫을 수 있지.

하마는 풀만 먹고 살아. 땅 위에 있는 풀도 뜯어 먹고, 물속에 있는 풀도 뜯어 먹지. 몸집이 커서 풀도 ⓒ 이 먹어.

하마는 주로 물속에서 지내. 몸을 물에 담그고 머리는 물 밖으로 내놓고 있는 거야. 그러다 물속으로 스르르 들어가기도 해. 하마는 콧구멍을 마음대로 열었다 닫았다 할 수 있거든. 물속에서는 물이 들어가지 않도록 콧구멍을 꼭 닫는단다. 참 편리한 콧구멍이지?

보기

ㄳ   ㄵ   ㄶ   ㄼ   ㄺ   ㄻ

(1) ⊙: 구

(2) ⓒ: 마

●글의 종류 생활문

●글의 특징 아이가 시골집에서 떫은 감을 먹고, 할머니에게 떫은 감이 홍시도 되고 곶감도 된다는 이야기를 들은 내용입니다. 글에 여러 개의 겹받침이 쓰여 있습니다.

●낱말 풀이
장대 나무를 다듬어 만든 긴 막대기.
떫어 설익은 감의 맛처럼 거세고 텁텁한 맛이 있어.

지문 ★☆☆
낱말 ★★☆

파란 하늘에 구름 한 점 없습니다. 맑은 가을날입니다.

나는 엄마 아빠랑 할머니가 계신 시골집으로 놀러 갔습니다. 시골집 마당 감나무에 감이 주렁주렁 달려 있었습니다. 아빠가 장대로 감을 땄습니다.

"맛있겠다. 얼른 먹어 봐야지."

나는 엄마가 깎아 준 감을 와삭 깨물었습니다.

"윽! 맛이 달콤하지 않고 떫어. 이 감은 먹을 수가 없겠다."

나는 얼굴을 찌푸리며 감을 뱉었습니다.

그러자 할머니께서 웃으며 말씀하셨습니다.

"감이 덜 익어서 떫은맛이 나는 거란다. 하지만 떫은 감도 가만히 묵혀 두면 말랑말랑 달콤한 홍시가 돼. 또 껍질을 얇게 깎아서 매달아 말리면 쫀득쫀득 맛있는 곶감이 된단다."

"우아! 신기하다!"

"그래. 다음에 또 놀러 오면 맛있는 홍시랑 곶감을 먹을 수 있을 게다."

나는 얼마 뒤에 할머니 댁에 꼭 다시 오기로 마음먹었습니다.

1 이 글의 내용으로 알맞지 <u>않은</u> 것은 무엇입니까? (   )

이해

① '나'는 떫은 감을 뱉었다.

② '나'는 기다란 장대로 감을 땄다.

③ 감나무에 감이 주렁주렁 달려 있었다.

④ '나'는 할머니가 계신 시골집으로 놀러 갔다.

⑤ 할머니가 감의 껍질을 깎아서 말리면 곶감이 된다고 하셨다.

2 이 글에서 시간과 장소를 나타내는 말을 선으로 이으세요.

이해

(1) 시간   •   • ① 시골집

(2) 장소   •   • ② 가을날

3 ㉠에 들어갈 알맞은 겹받침은 무엇입니까? (   )

어휘

① ㄱㅅ   ② ㄴㅈ   ③ ㄴㅎ   ④ ㄹㄱ   ⑤ ㄹㅅ

4 '떫어'와 '얇게'의 겹받침은 모두 어떤 자음자로 이루어졌는지 쓰세요.

어휘

[   ] 와/과 [   ]

35

문장 부호의 쓰임 이해하기

1주 **05**

★ 따옴표의 쓰임을 생각하며 빈칸에 알맞은 따옴표를 쓰세요.

연아는 준수의 얼굴을 보며 생각했습니다.

☐☐ 어머! 밥알이 붙었잖아? 말을 해 줘야 할까? ☐☐

연아는 준수가 창피해할까 봐 망설였습니다.

준수는 그런 줄도 모르고 멋진 척하며 생각했습니다.

☐☐ 연아가 왜 계속 나를 쳐다볼까? 내가 멋져서 그런가? ☐☐

　오빠와 동생은 호랑이를 피해 나무 위로 올라갔습니다. 쫓아온 호랑이가 물었습니다.

　　⬚⬚애들아, 나무에 어떻게 올라갔니?⬚⬚

　오빠는 꾀를 내어 대답했습니다.

　　⬚⬚손바닥에 참기름을 바르고 올라왔지.⬚⬚

　문장 부호 가운데 따옴표에는 작은따옴표와 큰따옴표가 있습니다. 작은따옴표는 ⬚‘ ’⬚로 쓰고, 인물이 마음속으로 한 말을 적을 때 씁니다. 큰따옴표는 ⬚“ ”⬚로 쓰고, 인물이 소리 내어 한 말을 적을 때 사용합니다.

유형 1 작은따옴표의 이름과
쓰임 알기

인물이 마음속으로 한 말
을 적을 때 사용하는 작은
따옴표의 쓰임을 묻는 문
제입니다.

1 ☐에 쓰인 문장 부호에 대한 알맞은 설명으로 알맞은 것에 <u>모두</u>
○표 하세요.

국어

> 이발사가 임금님의 머리카락을 자르러 궁전으로 갔어요.
> 그런데 임금님이 길쭉한 모자를 쓰고 있었어요.
> "임금님, 머리를 자르게 모자 좀 벗어 주십시오."
> 임금님이 모자를 벗는 순간, 이발사는 펄쩍 뛸 듯 놀랐어요.
> ☐'으악! 임금님 귀가 당나귀 귀처럼 기다랗잖아?'

(1) 이름이 큰따옴표이다.   (   )

(2) 이름이 작은따옴표이다.   (   )

(3) 임금님이 소리 내어 한 말을 적을 때 썼다.   (   )

(4) 이발사가 마음속으로 한 말을 적을 때 썼다.   (   )

유형 2 큰따옴표의 쓰임 알기

인물이 소리 내어 한 말을
적을 때 쓰이는 큰따옴표
의 쓰임을 파악합니다.

2 ☐에 쓰인 문장 부호에 대해 바르게 말한 친구에 ○표 하세요.

국어

> 성에서 쫓겨난 엘리자는 오빠들을 찾아 나섰어요. 숲속에서
> 한 할머니를 만났지요. 엘리자는 할머니에게 물었어요.
> "할머니, 혹시 열한 명의 왕자를 보셨나요?"
> 할머니가 대답했어요.
> ☐"열한 명의 왕자는 못 봤단다. 하지만 강에서 머리에 왕
> 관을 쓴 열한 마리의 백조를 보았지."☐

한스 크리스티안 안데르센, 「백조 왕자」

(1) 할머니가
소리 내어 한 말을
적을 때 썼지.

(2) 할머니가
마음속으로 한 말을
적는 데 사용했군.

(3) 엘리자가
소리 내어 한 말을
적을 때 썼어.

3

국어

㉠과 ㉡의 ☐ 안에 들어갈 따옴표를 선으로 이으세요.

유형 3 따옴표의 쓰임 알기
작은따옴표와 큰따옴표의
쓰임을 묻는 문제입니다.

대가 일을 하고 그에 대한
값으로 받는 보수.
고민 마음속으로 괴로워하
고 애를 태움.

옛날 어느 마을에 구두쇠 영감이 살았어. 어찌나 지독한 구두쇠인지, 일꾼에게 일을 시키면 대가로 돈이나 곡식을 줘야 하는데, 그걸 제대로 안 줘. 그러니 구두쇠 영감네 집에서 일하려는 사람이 있나.

'이거 야단났구나. 일꾼을 구해야 한 해 농사를 지을 텐데.'
구두쇠 영감은 고민에 빠졌지.

그러던 어느 날, 튼튼하고 힘세어 보이는 젊은이가 찾아왔어.
"일할 사람을 구한다기에 왔습니다."

㉠ ☐☐그럼 일 년 동안 일한 대가로 얼마를 받고 싶나?☐☐

"첫날에는 콩 두 알을 주시고, 둘째 날에는 콩 네 알, 셋째 날에는 콩 여덟 알…… 이렇게 날마다 전날의 두 배를 주시면 됩니다."

젊은이의 말에 구두쇠 영감은 귀가 번쩍 뜨였어.

㉡ ☐☐콩 몇 알씩만 주면 된다고? 이게 웬 떡이냐!☐☐

구두쇠 영감은 속으로 크게 기뻐했지.

(1) ㉠ •

(2) ㉡ •

• ①

• ②

● 글의 종류 이야기(동화)

● 글의 특징 이 글은 농부의 도움으로 그물에서 풀려난 독수리가 위험에 빠진 농부를 도와주며 은혜를 갚았다는 이야기입니다.

● 낱말 풀이
그물 물고기나 짐승을 잡으려고 질긴 실이나 줄로 얼기설기 엮어 짠 물건.
기껏 힘이나 정도가 미치는 데까지.
은혜 남이 베푼 고마운 일.

지문 ★☆☆

낱말 ★☆☆

어느 날, 농부가 그물에 걸린 독수리를 보았어요.
"저런, 내가 도와줄 테니 잠시만 가만히 있어라."
농부는 그물에서 독수리를 빼내 주었어요. 그러고는 밭으로 가서 열심히 일을 했지요.
'한참 일을 했더니 힘들구나. 좀 쉬었다 해야지.'
농부는 밭 근처에 있는 돌담에 기대앉았어요. 그때 느닷없이 독수리가 날아와 농부의 모자를 발로 휙 낚아챘어요.
□어이쿠! 독수리야, 내 모자 내놓아라!□
농부는 소리치며 독수리를 쫓아갔어요.
독수리는 돌담에서 한참이나 떨어진 곳에 모자를 툭 떨어뜨렸지요.
㉠'기껏 구해 줬더니, 은혜도 모르는 독수리로군.'
농부는 이렇게 생각하며 모자를 주워 돌담으로 돌아왔어요. 그런데 돌담이 와르르 무너져 있는 게 아니겠어요?
㉡'독수리가 아니었다면, 나는 꼼짝없이 돌담에 깔렸겠구나. 돌담이 무너지려는 걸 본 독수리가 날 구하려고 모자를 낚아챈 거였어.'
농부는 그제야 독수리의 마음을 알았어요.
"고맙다. 독수리야!"
농부는 머리 위를 맴도는 독수리에게 고맙다고 소리쳤어요.

40

1 이야기에 나오는 인물을 <u>모두</u> 쓰세요.

1주 5일
학습 끝!

붙임 딱지 붙여요.

[   ] 와/과 [   ]

2 ㉠을 통해 짐작할 수 있는 농부의 마음은 어떠합니까? (   )

① 기쁜 마음   ② 슬픈 마음

③ 무서운 마음   ④ 섭섭한 마음

⑤ 떨리는 마음

3 다음 빈칸에 들어갈 알맞은 문장 부호를 쓰세요.

어이쿠! 독수리야, 내 모자 내놓아라!

4 ㉡에 대해 바르게 말한 친구는 누구인지 쓰세요. (   )

- 수민: 농부가 소리 내어 한 말이야.
- 현우: 농부가 마음속으로 한 말이야.
- 은영: 독수리가 마음속으로 한 말이야.

41

헷갈리는 맞춤법

 '맞춤법'이란 말을 글자로 적을 때 지켜야 하는 규칙이에요. 맞춤법을 지키지 않으면 자신이 쓴 글을 다른 사람이 제대로 이해할 수 없지요. 특히 헷갈리기 쉬운 맞춤법을 잘 익혀 두세요.

● 헷갈리기 쉬운 낱말

낱말 가운데에는 헷갈리기 쉬운 것이 있어요. 맞춤법을 잘 알아 두어요.

돌맹이(×)→돌멩이(○) / 떡복이(×)→떡볶이(○) / 김치찌게(×)→김치찌개(○)

● 받침을 주의해서 써야 하는 낱말

받침이 두 개인 낱말은 잘못 쓰기 쉬워요. 올바른 받침을 익혀 두어요.

흙 / 낚시 / 앉다 / 맑다 / 끊다 / 얇다 / 끓다 / 삶다 / 훑다

● 소리 나는 대로 쓰면 안 되는 낱말

소리 나는 대로 쓰면 맞춤법에 어긋나는 낱말이 있어요.

마니(×)→많이(○) / 가치(×)→같이(○) / 몹씨(×)→몹시(○) / 구지(×)→굳이(○)

● 글자의 모양은 비슷하지만 뜻이 다른 말

글자의 모양은 비슷하지만 뜻이 다른 말은 뜻에 맞게 구별해서 써야 해요.

┌ 엎다: 그릇 따위를 넘어뜨려 속에 든 것이 쏟아지게 하다. 예 물병을 엎다.
└ 업다: 등에 대고 손으로 붙잡거나 무엇으로 동여매어 붙어 있게 하다. 예 아기를 업다.

1 맞춤법에 맞는 것을 골라 ○표 하세요.

(1) 실수로 컵을 (업는 / 엎는) 바람에 물이 쏟아졌다.

(2) 길을 가다 (돌멩이 / 돌맹이)에 걸려 넘어질 뻔했다.

2 밑줄 그은 낱말을 맞춤법에 맞게 고쳐 쓰세요.

민호는 배가 <u>몹씨</u> 고팠어요. 식탁에 <u>안자마자</u> 정신없이 음식을 먹었지요. 한참을 먹고 났더니 배가 불룩 튀어나왔어요.

(1) 몹씨 ➡ (   )   (2) 안자마자 ➡ (   )

이번 주 나의 독해력은?	이번 주 학습을 모두 끝마쳤나요?	☺	☺	☹
	시나 이야기를 읽으며 장면을 떠올릴 수 있나요?	☺	☺	☹
	큰따옴표와 작은따옴표의 쓰임을 이해할 수 있나요?	☺	☺	☹

06 생각이나 느낌을 나타내는 문장 찾기

★ 「시골쥐와 서울쥐」를 읽으며 길을 따라가다가 생각이나 느낌을 나타낸 문장에 ○표 하세요.

출발

서울쥐는 시골쥐를 부엌으로 데려갔어요.

서울쥐가 시골쥐를 찾아왔어요.

며칠 뒤, 시골쥐는 서울쥐를 찾아갔어요.

"시골쥐야, 안녕? 오랜만이다. 보고 싶었어."

"시골쥐야, 이런 하찮은 음식을 먹고 어떻게 살 수 있니? 우리 집에 놀러 오렴. 그럼 맛있는 음식을 실컷 먹을 수 있을 거야."

"어서 와, 서울쥐야. 나도 반가워. 먼 길을 오느라 배고프겠구나."

시골쥐는 서울쥐에게 보리와 콩, 옥수수 같은 음식을 차려 주었어요.

주제 탐구

문장에는 있었던 일이나 겪은 일을 나타낸 문장이 있고, 인물의 생각이나 느낌을 나타낸 문장도 있습니다. 생각이나 느낌을 쓴 문장을 찾을 때는 인물이 '어떻게 생각하는지', '무엇을 느꼈는지'가 드러난 문장을 찾아봅니다. 인물의 말이나 생각을 나타내는 따옴표 안에 있는 문장을 잘 살펴봅니다.

도착

부엌 식탁 위에는 여러 가지 음식들이 가득 차려져 있었어요.

케이크와 과자, 빵, 치즈도 있었지요.

시골쥐는 얼른 시골로 돌아갔답니다.

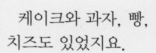

시골쥐와 서울쥐는 식탁으로 기어올라가 음식을 먹기 시작했어요.

"서울쥐야, 나는 보잘것없는 음식을 먹더라도 마음 편하게 살 수 있는 시골이 좋구나."

그런데 갑자기 사나운 고양이가 시골쥐와 서울쥐를 향해 덤벼들었어요.

"앗! 무서운 고양이다. 도망가자!"

유형 1 인물의 생각이나 느낌을 나타내는 문장 찾기

글을 읽고 생각이나 느낌을 나타내는 문장을 찾아보는 문제입니다.

1 이 글에서 생각이나 느낌을 나타내는 문장이 <u>아닌</u> 것의 기호를 쓰세요. (   )

국어

> 아침에 일어나서 창문을 열었더니, 하얀 눈이 쌓여 있었다.
> ㉠"우아! 신난다! 눈이다."
> 나는 밖으로 달려 나갔다. 두 손으로 눈을 한 움큼 쥐어 보았다. ㉡<u>눈은 보드라웠지만, 손이 시릴 만큼 차가웠다.</u>
> ㉢<u>나는 다시 집으로 들어와 외투를 입고 장갑을 끼고 밖으로 나갔다.</u> 눈 위에 드러누워 보고, 눈사람도 만들었다. ㉣<u>눈 장난은 정말 재미있었다.</u> 올겨울에 눈이 많이 내리면 좋겠다.

유형 2 일어난 일과 인물의 생각이나 느낌 구별하기

있었던 일을 나타내는 문장과 생각이나 느낌을 나타내는 문장을 구별하는 문제입니다.

2 ㉠~㉢에 대한 설명으로 맞으면 ○표, 틀리면 ✕표 하세요.

국어

> ㉠<u>옛날 옛적에 마음씨 착한 나무꾼이 살았어요.</u> 나무꾼은 나무를 해다 팔아서 홀어머니를 정성껏 모셨지요.
> 어느 날, 나무꾼은 연못가에 있는 나무를 베려고 쿵! 쿵! 도끼질을 했어요. ㉡<u>그러다 그만 연못에 풍덩 도끼를 빠트리고 말았어요.</u>
> ㉢<u>"아이고! 하나밖에 없는 도끼를 잃었으니, 이제 어떻게 나무를 해서 어머니를 모실꼬."</u>
> 나무꾼은 연못가에 주저앉아 울음을 터뜨렸어요.

(1) ㉠은 이야기에서 있었던 일을 나타내는 문장이다.   (   )

(2) ㉡은 나무꾼의 생각이나 느낌을 나타내는 문장이다.   (   )

(3) ㉢은 나무꾼의 생각이나 느낌을 나타내는 문장이다.   (   )

3 ⊙~ⓒ에 나타난 생각과 느낌으로 알맞은 것을 찾아 선으로 이

국어 으세요.

유형 **3** 인물의 생각이나 느낌
알기

인물이 한 말에 담긴 생각
이나 느낌을 알아보는 문
제입니다.

옛날 어느 마을에 엄마 염소와 일곱 마리 아기 염소가 살았습니다.

하루는 엄마 염소가 이웃 마을에 가게 되었습니다. 엄마 염소는 아기 염소들에게 말했습니다.

⊙"너희들만 집에 두고 가서 걱정이구나. 엄마가 돌아올 때까지 문을 꼭 잠그고 있어야 한다. 누가 와도 절대 문을 열어 주어서는 안 돼."

ⓒ"네, 그럴게요. 걱정하지 마시고 다녀오세요."

아기 염소들이 대답했습니다.

엄마 염소는 집을 떠났습니다. 그런데 그 모습을 무서운 늑대가 지켜보고 있었습니다.

ⓒ"으흐흐, 집 안에는 아기 염소들만 있겠구나. 맛있겠어."

늑대는 입맛을 다시며 중얼거렸습니다.

늑대는 아기 염소들이 있는 집으로 가서 똑똑똑! 문을 두드렸습니다.

그림 형제, 「늑대와 일곱 마리 아기 염소」

---

(1) ⊙ •

(2) ⓒ •

(3) ⓒ •

① 늑대는 아기 염소들을 잡아먹으려고 생각했다.

② 엄마 염소는 아기 염소들을 집에 두고 가는 것을 걱정했다.

③ 아기 염소들은 문을 꼭 잠그고, 누가 와도 열어 주지 않겠다고 마음먹었다.

●글의 종류 이야기(동화)

●글의 특징 우리나라 옛이야기 「흥부 놀부」의 일부입니다. 주어진 글은 흥부가 다친 제비 다리를 고쳐 주고, 그 보답으로 신기한 박씨를 얻어 복을 받은 장면입니다.

●낱말 풀이
처마 지붕에서 밖으로 튀어나온 부분.
둥지 새가 알을 낳거나 쉬는 보금자리.
이듬해 올해 바로 다음의 해.
박씨 '박'이라는 식물의 씨앗.

추운 겨울이 지나고 따뜻한 봄이 왔어. 가난한 흥부네 집 처마 밑에 제비가 둥지를 틀었어. 둥지에 알을 ㉠낳고 귀여운 새끼 제비들을 길렀지.

그러던 어느 날, "지지배배!" 요란한 울음소리가 들렸어. 흥부가 제비 집을 봤더니, 구렁이가 혀를 날름거리며 새끼 제비들을 잡아먹으려고 했어.

"어이쿠! 새끼 제비를 잡아먹으면 안 돼. 저리 가!"

흥부는 기다란 막대로 구렁이를 쫓았어. 하지만 구렁이를 피하려던 새끼 제비 한 마리가 땅으로 떨어져서 다리가 부러지고 말았단다.

㉡"이런 쯧쯧, 얼마나 아플꼬."

흥부는 새끼 제비의 부러진 다리를 천으로 감싸고 실로 묶어 줬어. 얼마 뒤 새끼 제비는 다리가 다 나아 따뜻한 남쪽으로 훨훨 날아갔지.

이듬해 봄에 제비가 흥부에게 박씨 한 알을 물어다 줬어. 흥부가 박씨를 심었더니, 며칠 만에 커다란 박이 주렁주렁 열렸지. 흥부네 가족은 톱을 빌려와 박을 자르기 시작했어.

"슬근슬근 톱질하세. 이 박을 잘라서 죽 끓여 먹고, 바가지도 만드세."

첫 번째 박이 쩍 갈라졌어. 안에서 쌀이 마구 쏟아져 나왔어.

"우아! 쌀밥을 배불리 먹겠구나."

1 이야기의 내용으로 맞으면 ○표, 틀리면 ✕표 하세요.

이해

(1) 구렁이가 새끼 제비를 잡아먹었다. ( )

(2) 흥부가 제비들에게 집을 지어 주었다. ( )

(3) 박을 잘랐더니 쌀이 끝없이 쏟아져 나왔다. ( )

(4) 흥부가 새끼 제비를 잡아먹으려던 구렁이를 쫓아 주었다. ( )

2 생각이나 느낌을 나타내는 문장을 <u>모두</u> 고르세요. ( )

이해

① "우아! 쌀밥을 배불리 먹겠구나."

② 추운 겨울이 지나고 따뜻한 봄이 왔어.

③ 제비가 흥부에게 박씨 한 알을 물어다 줬어.

④ "어이쿠! 새끼 제비를 잡아먹으면 안 돼. 저리 가!"

⑤ 새끼 제비는 다리가 다 나아 따뜻한 남쪽으로 훨훨 날아갔지.

3 ㉠에 들어갈 받침을 보기에서 찾아 쓰세요. ( )

어휘

보기

ㄲ   ㄹ   ㅅ   ㅌ   ㅎ

4 ㉡에 나타난 흥부의 생각이나 느낌을 <u>잘못</u> 말한 친구에 ○표 하세요.

추론

(1) 흥부는 새끼 제비가 아픈지 안 아픈지 궁금해하고 있어.

(2) 흥부가 새끼 제비를 걱정하는 마음이 느껴져.

(3) 흥부는 새끼 제비가 무척 아플 것이라고 생각하고 있어.

07

2주

글에 알맞은 목소리로 읽기

★ 다음 장면에 어울리는 목소리를 보기 에서 찾아 빈칸에 기호를 쓰세요.

보기
㉮ 슬픈 목소리로   ㉯ 기쁜 목소리로
㉰ 다급한 목소리로   ㉱ 쌀쌀맞고 차가운 목소리로

주제 탐구

　알맞은 목소리로 이야기를 읽으려면 일어난 일을 설명하듯이 읽어야 할 곳과 실감나게 말하듯이 읽어야 할 곳을 구별해야 합니다. 실감나게 말하듯이 읽어야 할 부분은 이야기의 장면을 떠올려 보고 인물이 처한 상황과 인물의 생각이나 마음에 어울리는 목소리로 읽습니다.

독해력 활짝

유형 1 설명하듯이 읽어야 할 곳과 말하듯이 읽어야 할 곳 구별하기

있었던 일이나 겪은 일을 설명하듯이 읽어야 할 곳과 실감나게 말하듯이 읽어야 할 곳을 구별하는 문제입니다.

상냥하게 성질이 싹싹하고 부드럽게.

1 국어

이야기에서 일어난 일을 설명하듯이 읽어야 할 곳에는 파란색, 실감나게 말하듯이 읽어야 할 곳에는 빨간색 밑줄을 그으세요.

> 빨간 모자가 숲길을 지날 때였어요.
> "꼬마야, 안녕? 어딜 가니?"
> 늑대가 날카로운 이빨과 발톱을 감춘 채 상냥하게 물었어요.
> "할머니 댁에 가는 길이야. 할머니가 아프시거든."
> 빨간 모자가 대답했지요.
> "오호! 그렇구나. 할머니 집은 어디니?"
> "숲길을 따라가면 나오는 통나무집이야."
>
> 샤를 페로, 「빨간 두건」

유형 2 인물에 어울리는 목소리로 읽기

인물의 상황과 인물의 마음에 어울리는 목소리를 찾아보는 문제입니다.

팥밭 팥이라는 곡식을 기르는 밭.
매고 논밭에 난 여러 잡풀을 뽑고.

2 국어

㉠과 ㉡에 어울리는 목소리를 보기에서 골라 기호를 쓰세요.

> 옛날 옛적 깊은 산속에 꼬부랑 할머니가 살았어.
> 하루는 할머니가 팥밭을 매고 있는데, 황소만 한 호랑이가 나타났어.
> ㉠"어흥! 배가 고파서 할멈을 잡아먹어야겠다!"
> 할머니는 떨리는 목소리로 부탁했어.
> ㉡"호랑이야, 내가 이 팥을 잘 길러서 팥죽을 쑤어 먹을 때까지만 기다려 다오."

보기

㉮ 크고 사나운 목소리로
㉯ 가늘고 떨리는 목소리로
㉰ 느리고 졸린 듯한 목소리로

(1) ㉠: (   )   (2) ㉡: (   )

3 ㉠과 ㉡에 어울리는 목소리를 알맞게 짐작한 친구에 <u>모두</u> ○표
하세요.

유형 3 인물의 상황과 마음에 어울리는 목소리로 읽기

헨젤과 그레텔이 처한 상황과 마음에 어울리는 목소리를 짐작해 봅니다.

> 헨젤과 그레텔은 숲에서 길을 잃고 말았어요.
> ㉠"오빠, 이제 어쩌면 좋지?"
> "걱정하지 마, 그레텔. 반드시 집으로 돌아갈 수 있을 거야."
> 헨젤과 그레텔은 숲을 헤매고 다녔어요. 제대로 먹지도 못했기 때문에 몹시 지치고 배가 고팠지요. 그때 저만치에 집이 보였어요. 헨젤과 그레텔은 집으로 다가갔어요.
> ㉡"그레텔, 이 집을 좀 봐. 달콤한 빵과 과자, 사탕으로 만들어져 있어. 배가 고팠는데 잘됐다. 우리 얼른 먹자."
> 헨젤은 과자로 된 벽을 뜯어서 입에 넣었어요. 그레텔은 사탕으로 만든 창문을 뜯어서 와작와작 깨물어 먹었지요.
>
> 그림 형제, 「헨젤과 그레텔」

(1) 건우: ㉠은 기대에 찬 목소리가 어울려. 그레텔은 오빠가 어떻게 할지 궁금하게 여기고 있어.   (　　　)

(2) 수빈: ㉠은 걱정스러운 목소리로 읽어야 해. 그레텔은 숲에서 길을 잃었기 때문에 두렵고 걱정이 되었을 테니까. (　　　)

(3) 지원: ㉡은 두려워하는 목소리로 읽어야 해. 과자로 만들어진 집은 이상하잖아?   (　　　)

(4) 도현: ㉡은 놀랍고 기쁜 목소리가 어울려. 배가 고플 때 과자로 만든 집을 보았기 때문에 놀랍고 반가웠을 거야. (　　　)

●글의 종류 이야기(동화)

●글의 특징 이 글은 사냥개가 쫓아오자, 제힘으로 도망치지 않고, 다른 동물의 힘을 빌리려고만 하는 토끼의 이야기입니다. 지나치게 다른 사람의 도움을 받으려고 해서는 안 된다는 교훈을 주고 있습니다.

●낱말 풀이
사냥개 사냥할 때 부리기 위하여 길들인 개.

지문 ★ ☆ ☆

낱말 ★ ★ ☆

들판에서 토끼가 ㉠ 뛰어놀고 있었어요. 그런데 사냥개가 사납게 짖으며 토끼를 쫓아왔어요. 토끼는 말에게 달려갔어요.

㉡"말 아저씨! 사냥개가 저를 쫓아오고 있어요. 저를 등에 태우고 빨리 도망쳐 주세요."

"미안하지만, 나는 주인이 시킨 일을 하느라 여길 떠날 수가 없단다."

토끼는 다시 암소에게 달려갔어요.

"암소 아줌마! 사냥개가 쫓아와요. 암소 아줌마가 뿔로 쫓아 주세요."

"안됐지만 도와줄 수가 없구나. 나는 지금 주인에게 가야 해. 젖을 짤 시간이거든."

토끼는 다시 염소에게 달려가 부탁했어요.

"염소 할아버지, 날 등에 태우고 도망치거나 뿔로 사냥개를 쫓아 주세요."

"토끼야, 난 너무 늙어서 그렇게 할 수가 없구나."

토끼가 여러 동물에게 부탁하는 사이에 사냥개가 가까이 다가왔어요.

"쳇! 부탁을 하느라 도망갈 시간만 버렸구나."

토끼는 투덜댔어요. 그제야 제힘으로 도망치기 시작했답니다.

1 이야기의 내용으로 알맞지 <u>않은</u> 것은 무엇입니까? (   )

이해

① 토끼가 들판에서 놀고 있었다.

② 암소가 뿔로 사냥개를 쫓아 주었다.

③ 염소는 늙어서 토끼를 도와줄 수 없었다.

④ 사냥개가 사납게 짖으며 토끼를 쫓아왔다.

⑤ 토끼는 말에게 자신을 등에 태우고 도망쳐 달라고 했다.

2주 2일
학습 끝!

붙임 딱지 붙여요.

2 ㉠에 들어갈 알맞은 흉내 내는 말을 보기 에서 찾아 쓰세요.

어휘

보기

| 쿵쿵 | 훨훨 | 깡충깡충 | 엉금엉금 | 바스락바스락 |

• 토끼가 (   ) 뛰어놀고 있었어요.

3 ㉡에 어울리는 토끼의 목소리는 무엇입니까? (   )

추론

① 슬퍼하는 목소리   ② 원망하는 목소리

③ 장난스러운 목소리   ④ 사납게 명령하는 목소리

⑤ 다급하게 부탁하는 목소리

4 이야기가 주는 교훈으로 알맞은 것에 ○표 하세요.

추론

(1) 자신보다 약한 친구를 괴롭혀서는 안 된다.   (   )

(2) 어려움에 빠진 친구를 이용하는 것은 나쁜 일이다.   (   )

(3) 제힘으로 노력하지 않고 다른 사람의 도움만 바라서는 안 된다.

(   )

글을 읽고 무엇을 설명하는지 알기

★ 설명하는 글에 알맞은 그림을 찾아 ○표 하며 누구인지 맞혀 보세요.

1
• 동물입니다.

2
• 동물입니다.
• 다리가 네 개입니다.

56

③
- 동물입니다.
- 다리가 네 개입니다.
- 땅에서도 살고, 물에서도 삽니다.

④
- 동물입니다.
- 다리가 네 개입니다.
- 땅에서도 살고, 물에서도 삽니다.
- 딱딱한 등딱지와 배딱지가 있어서 위험을 느끼면 딱지 속에 몸을 숨깁니다.

주제 탐구

　글을 읽고 무엇을 설명하는지 알려면 글의 제목을 확인합니다. 그리고 내용을 잘 읽어 보며 설명하는 대상의 특징을 살펴보면 글에서 무엇을 설명하는지 알 수 있습니다.

유형 1 제목 보고 설명하는 대상 알기

제목을 보고 설명하는 대상을 찾는 문제입니다.

1 이 글에서 설명하는 것은 무엇입니까? (　　　)

국어

어둠을 밝히는 가로등

　해가 지고 어둠이 내리면 거리에 가로등이 하나둘 불을 밝힙니다. 가로등은 길에 적당한 거리를 두고 죽 세워 둔 등불입니다. 집들이 모여 있는 골목길, 사람들의 쉼터가 되는 공원에는 가로등이 있습니다. 특히 차들이 오가는 도로에 가로등이 많습니다. 가로등 덕분에 사람과 차들은 캄캄한 밤에도 안전하게 길을 오갈 수 있습니다.

① 어둠　　　　② 공원　　　　③ 도로
④ 가로등　　　⑤ 골목길

유형 2 글을 읽고 주요 내용 파악하기

글을 읽고 주요 내용을 파악하는 문제입니다.

보슬보슬하게 덩이진 가루 따위가 물기가 적어 엉기지 못하고 바스러지게.
개운해지지요 기분이나 몸이 상쾌하고 가뜬해지지요.

2 이 글의 내용을 알맞게 파악하지 못한 친구에 ○표 하세요.

바슬즐

　우리는 물로 목욕을 하지요? 그런데 닭은 흙이나 모래로 목욕을 한답니다. 닭은 땅을 발로 파헤쳐서 딱딱한 흙을 보슬보슬하게 해요. 그 흙에 몸을 비비고, 날개로 흙을 몸에 끼얹기도 하지요. 그러고는 다시 푸드덕푸드덕 날개를 퍼덕여서 몸에 있는 흙을 털어 내요. 그러면 흙과 함께 몸에 붙어 있는 벌레들이 떨어져서 개운해지지요.

(1) 닭은 흙이나 모래로 목욕을 하는구나.

(2) 닭이 벌레를 잡아먹으려고 흙을 파헤치는군.

(3) 닭은 몸에 붙어 있는 벌레들을 떼어 내려고 흙 목욕을 해.

3 이 글에서 설명한 꽃을 알맞게 그린 그림의 기호를 ㉮~㉱에서

바슬즐 모두 찾아 쓰세요. (   )

> 아직 바람이 쌀쌀한 이른 봄이야. 하지만 볕이 잘 드는 곳을 살펴보면, 해님을 닮은 민들레를 볼 수 있어. 민들레는 산과 들은 물론이고, 길가나 전봇대 아래, 담장 아래에서도 피어난단다.
>
> 민들레의 꽃은 길쭉한 꽃잎이 촘촘하게 모여서 이루어졌어. 꽃의 색깔은 노란색이 많지만 하얀색도 있지.
>
> 민들레의 잎은 뾰족뾰족하게 생겼어. 줄기에 달려 있지 않고, 아래쪽에 넓게 퍼져 있어. 잎이 뿌리에서 뻗어 나오거든.
>
> 민들레는 꽃이 시들고 나면 꽃이 있던 자리에 하얀 솜털이 생겨. 솜털 아래에는 꽃씨가 달려 있단다. 휙! 바람이 불면, 솜털은 꽃씨를 매달고 하늘로 날아올라 바람을 타고 멀리멀리 날아가지.
>
> 땅에 떨어진 꽃씨는 싹을 틔우고 자라서 또 예쁜 민들레꽃을 피워.

유형 3 설명하는 대상 알기
설명하는 대상과 주요 내용에 알맞은 그림을 찾아보는 문제입니다.

볕 해가 내리쬐는 뜨거운 기운.
전봇대 전선이나 통신선을 늘여 매기 위하여 세운 기둥을 이름.

●글의 종류 설명하는 글(설명문)

●글의 특징 이 글은 기린과 박쥐, 해달의 잠자는 모습에 대해 자세히 알려 주고 있습니다.

●중심 내용
1문단 많은 동물이 바닥에 몸을 대고 자지만, 다른 모습으로 잠을 자는 동물들이 있음.
2문단 기린은 앉지 않고 선 채로 잠을 잠.
3문단 박쥐는 거꾸로 매달려서 잠을 잠.
4문단 해달은 물 위에 드러누워서 잠을 잠.

●낱말 풀이
바다풀 바닷물 속에서 자라는 풀을 통틀어 이르는 말.

지문
★
☆
☆

낱말
★
☆
☆

동물의 잠자는 모습

개와 고양이, 곰, 호랑이 등 많은 동물이 바닥에 몸을 대고 엎드리거나 누워서 잠을 자요. 하지만 동물이 다 그런 모습으로 자는 것은 아니에요. 조금 다른 모습으로 잠을 자는 동물들이 있어요.

기린은 선 채로 잠을 자요. 목이 긴 기린은 다리도 길쭉해요. 바닥에 앉으려면 다리를 두 번이나 구부려야 하지요. 앉았다 일어서는 데 시간이 오래 걸리는 거예요. 만약 앉아 있을 때 적이 달려든다면 재빨리 도망치지 못해서 큰일 나겠지요? 그래서 기린은 좀처럼 앉지 않고 잠도 서서 잔답니다.

박쥐는 거꾸로 매달려서 잠을 자요. 박쥐는 다리 힘이 약해서 땅에 똑바로 서지 못해요. 그 대신 발톱이 길고 구부러져 있어서 매달리기에 좋지요. 그래서 박쥐는 발톱으로 나뭇가지 같은 것을 잡고 거꾸로 매달려서 잠을 자요.

해달은 물 위에 드러누워서 잠을 자요. 잠을 잘 때는 몸에 기다란 바다풀을 칭칭 감고 잔답니다. 몸이 따뜻해지고, 자는 동안 파도에 밀려 멀리 가는 것을 막을 수 있기 때문이에요.

1 이 글은 무엇을 설명한 글입니까? (   )

이해

① 동물의 종류
② 동물의 잠자는 모습
③ 동물의 다양한 생김새
④ 기린의 다리가 긴 까닭
⑤ 박쥐의 발톱이 긴 까닭

2 이 글의 내용에 어울리지 <u>않는</u> 그림의 기호를 쓰세요. (   )

이해

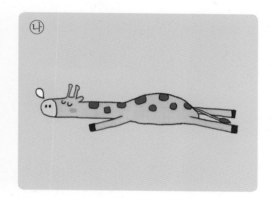

3 다음 보기 의 낱말을 <u>모두</u> 포함하는 낱말에 색칠하세요.

어휘

보기

| 개   곰   기린   박쥐   해달   고양이   호랑이 |

| 동물 | 식물 | 새 |

61

09 글쓴이가 겪은 일 알기

2주

★ 다음 글과 그림을 보고 둘 중 글쓴이가 겪은 일을 알맞게 말한 친구의
말을 색칠하세요.

주제 탐구

　글을 읽으며 글쓴이가 겪은 일은 언제 어디에서 누구와 어떤 일이 있었는지, 무엇을 하였는지 살펴보면 알 수 있습니다. 이때 글쓴이가 겪은 일과 겪은 일에 대한 생각과 느낌을 구별해 봅니다.

1 지우가 겪은 일을 알맞게 말한 친구에 <u>모두</u> ○표 하세요.

국어

> 학교에 가려고 집을 나설 때였어요.
> "지우야, 비가 올 것 같다. 우산 가지고 가렴."
> 엄마가 말씀하셨어요. 하지만 나는 귀찮아서 싫다고 했어요. 하늘이 맑았거든요.
> 그런데 집을 나선 지 얼마 안 되어서 후드득 빗방울이 떨어졌어요. 나는 비를 맞으며 학교로 뛰어갔어요. 엄마 말씀대로 우산을 가져올걸 하는 후회를 했지요.

(1) 지우는 엄마가 우산을 가져가라고 하신 말씀을 들었어.

(2) 지우는 비가 안 올 것 같았지만, 우산을 가져갔지.

(3) 지우는 비를 맞으며 학교로 뛰어갔어.

2 글쓴이가 겪은 일에는 파란색, 글쓴이의 생각이나 느낌에는 빨간색으로 밑줄을 그으세요.

국어

> 미술 시간에 찰흙으로 만들기를 했다. 나는 처음에 찰흙으로 커다란 돌을 뚝딱 만들었다. 찰흙 돌은 색깔도 모양도 진짜 돌처럼 보였지만, 좀 시시한 것 같았다.
> 그래서 다시 찰흙을 주물럭주물럭해서 강아지를 만들었다가 토끼를 만들었다가 했다. 그러다 마지막으로 공룡을 만들었다. 공룡이 아주 멋지게 만들어져서 기분이 좋았다. 다음에는 찰흙으로 로봇을 만들어 봐야겠다.

3 글을 읽고 '나'가 겪은 일의 차례대로 숫자를 쓰세요.

유형 **3** 겪은 일 차례대로 정리하기

글을 읽으며 글쓴이가 겪은 일을 차례대로 정리해 봅니다.

술래 술래잡기 놀이에서, 숨은 아이들을 찾아내는 아이.

　　오늘 학교에서 푸른 공원으로 소풍을 갔다. 나는 두근두근 설레고 신이 났다. 소풍 장소에 도착해서 수건돌리기 놀이를 했다. 나는 술래가 되었는데, 다른 친구를 술래로 만들지 못했다. 그래서 엉덩이로 이름 쓰기 벌칙을 받았다.

　　내가 엉덩이를 씰룩쌜룩하면서 큼지막하게 이름을 쓰자, 친구들이 깔깔대고 웃었다. 나도 재미있어서 크게 웃었다.

　　신나게 논 뒤에 점심을 먹었다. 나와 친구들은 김밥이랑 과일, 과자 등을 사이좋게 나누어 먹었다. 시원한 바람이 솔솔 부는 잔디밭에서 점심을 먹으니 꿀맛 같았다.

　　점심을 먹고 나서 보물찾기를 했다. 나는 보물을 두 개나 찾아서 기분이 날아갈 것 같았다. 하나는 연필 세 자루이고, 다른 하나는 사탕 한 봉지였다. 나는 보물을 하나도 못 찾은 다희에게 연필 세 자루를 선물로 주었다. 다희는 기뻐하며 내게 고맙다고 했다. 다희가 좋아하는 모습을 보니, 나도 기분이 좋았다.

(1) 점심을 먹었다. 　　　　　　　　　　　　　　　(　　　)

(2) 보물찾기를 했다. 　　　　　　　　　　　　　　(　　　)

(3) 엉덩이로 이름 쓰기를 했다. 　　　　　　　　　(　　　)

(4) 수건돌리기 놀이를 하다가 술래가 되었다. 　　(　　　)

●글의 종류 생활문

●글의 특징 이 글은 인형 뽑기를 하려다 용돈을 모두 잃어버린 경험을 쓴 생활문입니다.

●낱말 풀이
비웃었다 업신여기는 태도로 웃었다.
꼴좋구나 나쁘거나 싫은 것을 보고 빈정거리는 말.

진우와 학교에서 돌아오는 길이었다.
"어! 저기 인형 뽑기 기계 생겼다."
㉠진우의 말에 나는 후다닥 인형 뽑기 기계 앞으로 달려갔다.
"오! 진우야, 우리 인형 뽑기 해 보자."
"엄마랑 선생님이 이런 거 하면 안 된다고 하셨잖아. 인형 뽑기는 보기보다 어렵대. 괜히 돈만 잃을 수도 있어. 그냥 가자."
진우는 내 팔을 잡아끌며 말했다. 하지만 나는 진우의 말을 비웃었다.
㉮"푸하하. 이게 뭐가 어렵냐? 내가 뚝딱 인형을 뽑을 테니 잘 봐라."
나는 갖고 있는 용돈을 몽땅 기계에 넣고 인형 뽑기를 했다. 하지만 인형은커녕 집게로 인형을 들어 올리지도 못했다.
㉡나는 몹시 아쉽고 속상했다. 또 진우 보기가 창피했다. 진우가 '거 봐라. 내 말을 안 듣더니 꼴좋구나.' 하고 말할 것 같았다.
㉢그런데 진우는 내 어깨를 토닥이며 이렇게 말했다.
"그만 잊어버리고 가자."
나는 다시는 인형 뽑기를 하지 않기로 다짐했다.

으악!

1 '나'가 겪은 일을 <u>두 가지</u> 고르세요. (   )

이해

① '나'는 인형을 뽑지 못했다.

② 진우가 '나'에게 꼴좋다고 말했다.

③ 진우가 '나'에게 인형 뽑기를 하자고 했다.

④ '나'는 용돈을 몽땅 인형 뽑기 기계에 넣었다.

⑤ '나'는 집게로 인형을 들어 올리는 데 성공했다.

2 ㉠～㉢ 중 '나'가 겪은 일에 대한 생각이나 느낌이 나타난 것의 기호를

이해 쓰세요. (   )

3 ㉮에 어울리는 목소리를 알맞게 말한 친구에 ○표 하세요.

추론

(1) 다급한 목소리로 말했을 거야.

(2) 화를 내며 나무라는 목소리가 어울려.

(3) 자신 있는 목소리로 크게 말했을 거야.

4 '나'에게 하고 싶은 말을 쓰세요.

비판

글을 바르게 띄어 읽기

★ 이 글에서 문장 부호를 찾아 <u>모두</u> ○표 하세요.

준이야, 안녕?

나 채원이야.

어제 아주 재미있는 책을 읽었어.

아! 얼마나 신기한 이야기인지 몰라.

그 책을 네게도 보여 주고 싶어.

그래서 이 편지와 함께 보내.

너도 한번 읽어 보렴.

채원이가

★ 문장 부호를 주의 깊게 살피며 띄어 읽기 표시에 ○표 하세요. 그리고 ∨를 한 곳에서는 조금 띄어 읽고, ∨를 한 곳에서는 ∨보다 조금 더 띄어 읽어 보세요.

준이야,∨안녕?∨

나 채원이야.∨

어제 아주 재미있는 책을 읽었어.∨

아!∨얼마나 신기한 이야기인지 몰라.∨

그 책을 네게도 보여 주고 싶어.∨

그래서 이 편지와 함께 보내.∨

너도 한번 읽어 보렴.∨

채원이가

주제 탐구

부르거나 대답하는 말의 뒤에는 ,가, 문장이 끝나는 곳에는 문장 부호 . ! ? 가 있습니다. , 뒤에는 ∨를 하고, 조금 쉬어 읽습니다. 문장이 끝나는 곳에는 ∨를 하고, ∨를 한 곳보다 조금 더 쉬어 읽습니다.

유형 1 문장 알기

글을 바르게 띄어 읽으려면 한 문장이 끝나는 곳을 알아야 합니다. 문장 부호 중 마침표, 물음표로 끝나는 문장을 찾아봅니다.

1 ㉠~㉤ 중에서 문장을 두 가지 고르세요. (   )

바슬즐

㉠여러 가지 줄넘기 방법을 알아볼까요? 줄넘기로 두 발 모아 뛰기, 두 발 번갈아 뛰기, ㉡짝과 마주 보고 뛰기 등을 할 수 있어요.

㉢두 발 모아 뛰기는 두 발을 모아 뛰며 줄을 넘는 방법이에요. 두 발 번갈아 뛰기는 ㉣한 발씩 번갈아 줄을 넘는 방법이지요. ㉤짝과 마주 보고 뛰기는 둘이 마주 보고 선 다음, 한 사람이 줄을 돌리며 함께 뛰는 방법이랍니다.

① ㉠   ② ㉡   ③ ㉢   ④ ㉣   ⑤ ㉤

유형 2 띄어 읽기 표시 알기

∨(쉼표 뒤에 하는 띄어 읽기 표시)와 ∨(문장 끝에 하는 띄어 읽기) 표시를 해야 할 곳을 구별하는 문제입니다.

땔감 불을 때는 데 쓰는 재료.
거뜬하게 다루기에 거볍고 간편하거나 손쉽게.

2 ㉠~㉤ 중에서 띄어 읽기 표시(∨, ∨)가 바르지 않은 것은 무엇입니까? (   )

바슬즐

지게는 우리 조상들이 짐을 옮기는 데 사용한 도구예요.㉠∨길고 짧은 나무 막대들을 연결해서 짐을 얹을 자리를 만들고,㉡∨질긴 끈을 달아 양쪽 어깨에 멜 수 있게 했어요.㉢∨옛사람들은 지게를 이용해서 땔감으로 쓸 나무를 옮겼어요.㉣∨곡식이나 풀도 날랐지요.㉤∨지게를 이용하면 손으로 들어서 옮기는 것보다 훨씬 쉽고 거뜬하게 무거운 물건을 옮길 수 있어요.

① ㉠   ② ㉡   ③ ㉢   ④ ㉣   ⑤ ㉤

3 ㉠ 부분에 띄어 읽기 표시(∨, ∨)를 하고, 바르게 띄어 읽어 보 세요.

유형
3 글을 바르게 띄어 읽기

쉼표 뒤에는 ∨를 하고, 조금 쉬어 읽습니다. 문장 이 끝나는 곳에는 ∨를 하고 ∨를 한 곳보다 조금 더 쉬어 읽습니다.

알아챈 낌새를 미리 안.

㉠ ┌ 시냇물 속에서 살랑살랑 헤엄치던 물고기가 가만히 멈춰
  │ 있어요. ☐ 살금살금 물고기의 뒤쪽으로 손을 넣어서 꼬리
  │ 지느러미를 만져 볼까요? ☐ 앗! ☐ 그런데 물에 손을 넣
  │ 자마자, ☐ 물고기가 재빨리 달아나 버리네요? ☐ 손이 닿
  └ 지도 않았는데 물고기가 어떻게 알아챈 걸까요? ☐

그건 물고기에게 옆줄이 있기 때문이에요. 옆줄은 물고기의 몸 옆에 있는 가느다란 줄이에요. 머리부터 꼬리까지 길게 이어져 있지요. 물고기는 옆줄을 통해서 물이 깊은지, 얕은지 알 수 있어요. 물이 빠르게 흐르는지, 느리게 흐르는지도 느끼지요. 또 소리도 느낄 수 있답니다.

그래서 물고기는 우리가 물에 손을 넣기만 해도, 옆줄로 변화를 알아채서 재빨리 도망칠 수 있는 거예요.

71

●글의 종류 설명하는 글(설명문)

●글의 특징 이 글은 봄, 여름, 가을, 겨울에 대해 설명한 글입니다. 계절마다 자연이 어떤 모습인지 알려 주고 있습니다.

●중심 내용
1문단 우리나라에는 봄, 여름, 가을, 겨울 네 계절이 있음.
2문단 봄에는 날씨가 따뜻해져 잎이 돋고 꽃이 피며, 동물이 움직이기 시작함.
3문단 무더운 여름에는 식물이 쑥쑥 자라고 동물이 활발하게 움직이며 새끼를 기름.
4문단 가을에는 날씨가 점점 쌀쌀해져 나뭇잎이 떨어지고, 동물은 겨울을 보낼 준비를 함.
5문단 추운 겨울에는 나무는 가지만 남은 채 겨울을 보내고, 동물은 겨울잠을 자거나 숲을 돌아다니며 먹이를 찾아 먹음.

●낱말 풀이
겨울잠 겨울에 동물이 잠을 자듯 활동을 멈추고 겨울을 보내는 일.
앙상한 나뭇잎이 지고 가지만 남아서 쓸쓸한.

지문 ★ ★ ☆

낱말 ★ ★ ☆

계절이란 일 년을 자연의 변화에 따라 구분한 거예요. 우리나라에는 봄, 여름, 가을, 겨울 네 계절이 있어요. 계절마다 자연은 어떤 모습일까요?

봄이 오면 날씨가 점점 따뜻해져요. 나무에 파릇파릇 새잎이 돋고, 꽃들이 고운 꽃을 피우지요. 개구리와 다람쥐가 겨울잠에서 깨어나고, 벌과 나비가 꽃들 사이를 날아다녀요.

봄이 지나면 여름이 와요. 여름에는 날씨가 무더워요. 풀과 잎이 쑥쑥 자라서 산과 들이 푸르게 변해요. 매미가 맴맴 요란하게 울고, 동물은 활발하게 움직이며 새끼를 길러요.

여름이 지나면 가을이에요. 가을에는 날씨가 차차 쌀쌀해져요. 나뭇잎이 빨갛고 노랗게 물들었다가 바람이 불면 우수수 떨어져요. 갖가지 열매가 먹음직스럽게 익지요. 다람쥐는 겨우내 먹을 먹이를 모으고, 제비는 따뜻한 남쪽 나라로 떠나요.

흰 눈이 펑펑 내리는 추운 겨울이 왔어요. 나무들은 앙상한 가지만 남은 채 겨울을 보내요. 곰, 너구리, 다람쥐, 뱀 등은 겨울잠을 자고, 겨울잠을 자지 않는 토끼나 사슴, 청설모 같은 동물은 숲을 돌아다니며 먹이를 찾아 먹어요. 추운 겨울이 지나면 다시 따뜻한 봄이 올 거예요.

1 다음 그림에 어울리는 계절은 언제인지 쓰세요. (   )

추론

2주 5일
학습 끝!

붙임 딱지 붙여요.

2 다음 문장을 바르게 띄어 읽으며 띄어 읽기 표시(∨, ∨∨)를 하세요.

어휘

> 계절이란 일 년을 자연의 변화에 따라 구분한 거예요. ☐ 우리나라
> 에는 봄, ☐ 여름, ☐ 가을, ☐ 겨울 네 계절이 있어요. ☐ 계절마다
> 자연은 어떤 모습일까요? ☐

3 다음 동물의 특징에 맞게 선으로 이으세요.

이해

(1) 토끼, 사슴, 청설모 •   • ① 겨울잠을 자는 동물

(2) 곰, 너구리, 다람쥐 •   • ② 겨울잠을 자지 않는 동물

4 이 글에 쓰인 낱말 중에서 소리나 모양을 흉내 내는 말이 <u>아닌</u> 것은

어휘 무엇입니까? (   )

① 맴맴   ② 고운   ③ 펑펑
④ 우수수   ⑤ 파릇파릇

소리와 모양을 흉내 내는 말

2주

 우리말에는 '짹짹'처럼 소리를 흉내 내는 말과, '훨훨'처럼 움직임이나 모양을 흉내 내는 말이 있어요. 흉내 내는 말이 담긴 글을 읽으면 재미있어요. 흉내 내는 말을 사용하면 소리는 더 생생하게 느껴지고, 모습은 더 실감나게 느껴진답니다.

소리를 흉내 내는 말		모양을 흉내 내는 말	
쌕쌕	잠잘 때 나는 소리를 흉내 낸 말이에요. 예 귀여운 우리 아기가 쌕쌕 잠을 잔다.	데굴데굴	구르는 모양을 흉내 낸 말이에요. 예 데굴데굴 공이 굴러 갔다.
쨍그랑	유리 등이 깨지는 소리를 흉내 낸 말이에요. 예 쨍그랑 소리를 내며 접시가 깨졌다.	엉금엉금	느리게 걷는 모습을 흉내 낸 말이에요. 예 거북은 토끼에게 엉금엉금 기어갔다.
우당탕	요란하게 나는 소리를 흉내 낸 말이에요. 예 앞으로 달리다가 우당탕 넘어졌다.	아장아장	아기가 걷는 모습을 흉내 낸 말이에요. 예 귀여운 아기가 아장아장 걸어왔다.

1 다음 흉내 내는 말과 어울리는 장면을 찾아 기호를 쓰세요.

(1) 쨍그랑: (   )   (2) 엉금엉금: (   )

2 다음 문장에 어울리는 흉내 내는 말을 **보기** 에서 찾아 쓰세요.

> **보기**
>
> 쌕쌕   우당탕   아장아장   반짝반짝   데굴데굴   폭신폭신

(1) 내가 손을 내밀자 아기가 (   ) 나에게 걸어왔다.

(2) 영호는 (   ) 구르는 공을 잡기 위해 열심히 뛰어갔다.

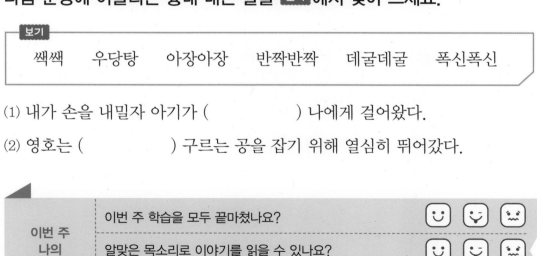

이번 주 나의 독해력은?	이번 주 학습을 모두 끝마쳤나요?	☺ ☺ ☹
	알맞은 목소리로 이야기를 읽을 수 있나요?	☺ ☺ ☹
	인물이 겪은 일과 생각이나 느낌을 구별할 수 있나요?	☺ ☺ ☹

PART2

추론 독해

글에 숨겨진 정보를 짐작해 보고 생략된 내용이나 숨겨진 주제,
글을 쓴 목적을 찾아보며 읽어요.
그리고 글에 드러난 관점이나 글쓴이의 주장과 근거,
표현 방법 등을 비판하며 읽는 방법도 배워요.

contents

11 이야기 속 인물의 생각 파악하기

3주

★ 이야기를 읽고, 인물의 생각으로 알맞은 것에 ○표 하세요.

옛날에 아름다운 깃털을 가진 공작새가 살았어요.
공작새는 다른 새들을 만나면 이렇게 말했지요.
"너희는 깃털 색깔이 왜 그러니? 그런 깃털을 달고 창피해서 어떻게
사는지 모르겠구나. 내 아름다운 깃털을 보렴."
공작새는 날개를 활짝 펴 깃털 자랑을 했어요.

• 공작새는 자기 깃털만 (아름답다 / 아름답지 않다)고 생각한다.

78

개구리는 공주와 함께 밥을 먹게 되었어요.
"우아! 맛있겠다."
개구리는 식탁 위로 폴짝 뛰어올랐어요.
음식을 덥석덥석 집어 먹었지요.
공주는 그런 개구리를 못마땅한 눈길로 노려보았어요.
음식도 먹지 않고, 자리에서 벌떡 일어나 방으로 들어가 버렸지요.

공주가 개구리를 노려보며 한 생각은 무엇일까?

• 공주는 개구리를 (좋아한다 / 싫어한다).

주제 탐구

이야기를 읽으며 인물의 생각을 파악할 수 있습니다. 이야기에서 인물의 생각이 드러난 부분을 찾아봅니다. 그리고 인물의 말과 행동을 통해 생각을 파악해 봅니다. 이야기 전체의 내용을 통해 인물의 생각을 짐작할 수도 있습니다.

유형
1 인물의 생각이 나타난
부분 찾기

글을 읽고 작은따옴표로
나타낸 인물의 생각을 찾
는 문제입니다.

지독한 어떤 모양이나 상
태 따위가 극에 달한.
구두쇠 돈이나 재물 따위
를 쓰는 데에 몹시 인색한
사람.

1 이 이야기를 읽고 구두쇠의 생각이 나타난 문장을 <u>모두</u> 찾아 밑
국어   줄을 그으세요.

> 옛날에 지독한 구두쇠가 살았는데, 그는 돈을 벌면 한 푼도
> 안 쓰고 모으기만 했어요. 그래서 구두쇠의 재산은 눈덩이처
> 럼 불어났지요.
> '이 많은 돈을 누가 훔쳐 가면 어쩌지?'
> 고민하던 구두쇠는 돈을 몽땅 금덩어리로 바꾸었어요. 그 금
> 덩어리들을 뒤뜰에 땅을 파고 꼭꼭 묻었지요.
> '흐흐흐, 이렇게 하면 아무도 모를 거야.'

유형
2 인물의 생각 파악하기

도로시의 말과 토토를 물
려는 사자의 콧등을 때린
행동에서 도로시의 생각을
파악하는 문제입니다.

후려치며 주먹이나 채찍
따위를 휘둘러 힘껏 때리
거나 치며.

2 이 이야기를 읽고 도로시의 생각을 알맞게 말한 친구에 ○표 하
국어   세요.

> 도로시가 허수아비, 양철 나무꾼, 강아지 토토와 숲을 지날
> 때였습니다. 느닷없이 커다란 사자가 나타났습니다.
> 토토가 사자를 향해 멍멍 짖자 사자가 토토를 물려는 듯이
> 입을 쩍 벌렸습니다. 그 순간, 도로시가 사자를 향해 달려갔습
> 니다.
> "그만둬! 커다랗고 힘센 네가 작고 약한 강아지를 물려고 하
> 다니, 부끄럽지도 않니?"
> 도로시는 사자의 콧등을 후려치며 말했습니다.
>
> 라이먼 프랭크 바움, 「오즈의 마법사」

(1) 힘센
사자를 부끄럽게
생각하고 있어.

(2) 토토가
힘이 약한 것을
부끄럽게 생각하고
있어.

(3) 힘센 동물이
약한 동물을
괴롭혀서는 안 된다고
생각하고 있어.

3

㉠에서 쥐들이 한 생각으로 알맞은 것에 ○표 하세요.

유형 3 인물의 생각 짐작하기

이야기에서 인물이 처한 상황을 파악하고 이를 바탕으로 인물의 생각을 짐작하는 문제입니다.

시달리던 괴로움이나 성가심을 당하던.
뾰족한 생각이 신기할 정도로 묘한.

어느 날, 고양이에게 시달리던 쥐들이 한자리에 모여 회의를 열었어요.

"고양이 때문에 못살겠어요."

"고양이의 공격을 피할 방법이 없을까요?"

쥐들은 저마다 곰곰이 생각했어요. 하지만 뾰족한 수가 떠오르지 않았지요. 그때 젊은 쥐가 말했어요.

"고양이 목에 방울을 달면 어떨까요? 그러면 고양이가 가까이 다가올 때마다 딸랑딸랑 방울 소리가 날 거예요. 우리는 방울 소리를 듣고 얼른 안전한 곳으로 도망칠 수 있어요."

"오! 그거 좋은 생각이군요."

쥐들은 좋은 생각이라며 찬성했어요.

그러자 구석에 있던 나이 많은 쥐가 말했어요.

"그럼 누가 고양이 목에 방울을 달 텐가?"

그 말에 ㉠쥐들은 아무 말도 하지 않은 채 서로 눈치만 보았답니다.

(1) 고양이 목에 방울을 다는 건 좋은 방법이 아니야.

(2) 고양이 목에 방울을 달러 갔다가는 잡아먹힐지도 몰라.

(3) 고양이 목에 달 방울을 어디에서 구하지?

독해력 쑥쑥 ★ 이야기 속 인물들의 생각을 파악하며 글을 읽어 보세요.

●글의 종류 이야기(동화)

●글의 특징 이 글은 호랑이가 자신을 구해 준 나그네를 잡아먹으려고 하자 토끼가 나그네를 구해 주는 옛이야기로, 은혜를 몰라서는 안 된다는 교훈을 담고 있습니다.

●낱말 풀이
구덩이 땅이 움푹하게 팬 곳.
기껏 힘이나 정도가 미치는 데까지.
재판 옳고 그름을 따져 판단하는 일을 뜻함.
판결 옳고 그름이나 좋고 나쁨을 판단해 결정함.

지문 ★ ★ ☆

낱말 ★ ★ ★

㉠옛날에 나그네가 산길을 가다가 구덩이에 빠진 호랑이를 보았어요.

㉡"흑흑! 나그네님, 제발 저를 도와주십시오."

호랑이는 눈물을 뚝뚝 흘리며 부탁했어요. 마음씨 착한 나그네는 통나무를 구해서 구덩이에 걸쳐 주었어요. 호랑이는 그 통나무를 타고 구덩이에서 빠져나왔지요.

그런데 갑자기 호랑이가 나그네에게 달려들며 말했어요.

㉢"어흥! 배가 고파서 널 잡아먹어야겠다."

㉣"어이쿠, 기껏 구해 주었더니 은혜도 모르는구나."

㉤"흥! 구덩이를 판 것도 인간이다. 그러니 인간에게 은혜를 갚을 필요가 없어."

"좋다. 그럼 누가 옳은지 가려 보자!"

나그네와 호랑이는 마침 지나가는 토끼에게 누가 옳은지 재판을 부탁하며 그동안의 일을 이야기했어요.

"지금까지 이야기를 잘 들었어요. 그런데 재판을 하려면 어찌된 일인지 정확하게 알아야 해요. 호랑이님이 원래 있었던 곳으로 들어가 보십시오."

토끼의 말에 호랑이는 구덩이 속으로 훌쩍 뛰어내렸어요.

"자, 나는 여기 구덩이 속에 있었단다."

"그럼 통나무는 어디에 있었지요?"

"통나무는 이렇게 밖에 있었지."

나그네가 통나무를 끌어올렸어요. 토끼는 빙긋 웃으며 이렇게 말했어요.

"이제 판결을 내리지요. 은혜를 모르는 동물은 도와줄 필요가 없습니다."

82

1 ㉠~㉤ 중에서 인물의 생각이 드러난 부분이 <u>아닌</u> 것은 무엇입니까?

<이해>

(   )

① ㉠   ② ㉡   ③ ㉢   ④ ㉣   ⑤ ㉤

2 다음 소리를 나타내는 말에 대한 설명으로 알맞은 것을 찾아 선으로 이으세요.

<어휘>

(1) 흥!   •

(2) 흑흑!   •

(3) 어흥!   •

    • ① 호랑이가 내는 큰 소리

    • ② 비웃을 때 코로 내는 소리

    • ③ 서러워서 숨을 거칠게 쉬며 우는 소리

3 이 이야기를 읽고, 토끼의 생각을 알맞게 짐작한 친구에 ○표 하세요.

<추론>

(1) 누가 잘못했는지 모르고 있어.

(2) 호랑이가 잘못했다고 생각하고 있어.

(3) 호랑이에게 다시 구덩이로 들어가 라고 한 것은 놀리기 위해서야.

4 이 이야기를 읽고 얻을 수 있는 교훈은 무엇인지 빈칸에 쓰세요.

<추론>

• 자신을 도와준 [   ][   ]을/를 잊어버리면 안 된다.

12 이야기와 관련된 생각이나 느낌 떠올리기

★ 이 이야기와 관련한 생각이나 느낌이 담긴 풍선에 <u>모두</u> ○표 하세요.

당나귀와 말이 무거운 짐을 지고 언덕을 오르고 있었어요.
"휴, 힘들다. 크고 힘센 말아, 미안하지만 내 짐을 조금만 덜어 주겠니?
짐이 너무 무거워서 쓰러질 것 같아."
당나귀는 가쁜 숨을 몰아쉬며 말에게 부탁했어요.
"쳇, 싫어. 나도 무거워."
말은 당나귀의 부탁을 거절했어요.
그런데 얼마 지나지 않아 당나귀가 그만 쓰러져 죽고 말았어요.
주인은 당나귀의 짐을 모두 말에게 옮겨 실었어요.
'아! 아까 당나귀의 짐을 좀 덜어 줄걸…….'
말은 뒤늦게 후회를 했지요.

당나귀가
불쌍해.

동생이 아이스크림을
한입 달라고 해서
안 주려고 피하다가 넘어져서
아이스크림을 땅에 떨어뜨렸어.
그래서 아이스크림을
못 먹었던 일이 떠올라.

말이 당나귀 짐을
조금만 덜어 주었다면
당나귀도 살고,
말이 짐을 다 짊어지지도
않았을 거야.

말은 빠르게
달릴 수 있는
동물이지.

당나귀는 귀가 길지.
이야기를 읽으니,
「임금님 귀는 당나귀 귀」
이야기가 떠올라.

주제 탐구

　이야기를 읽으며 생각이나 느낌을 떠올릴 수 있습니다. 인물의 행동에 대한 생각
이나 느낌을 떠올릴 수도 있고, 인물이 처한 상황에 대한 생각이나 느낌을 떠올릴
수도 있습니다. 또 이야기를 읽고 자신의 경험을 떠올릴 수도 있습니다.

유형 1 인물의 행동에 대한 생각이나 느낌 찾기

인물의 행동에 대한 생각으로 알맞은 것을 찾는 문제입니다.

물배 물만 먹어서 채운 배.

1 이 이야기 속 개들의 행동에 대한 생각으로 알맞은 것에 ○표 하세요.

> 강가를 지나던 개들이 물속에 고깃덩이가 가라앉아 있는 것을 보고 고깃덩이를 꺼내려고 했지만 꺼낼 수가 없었어요.
> "강물 때문에 고기에 입이 닿지 않는구나."
> "옳거니! 우리가 강물을 다 마셔 버리자!"
> 개들은 강물을 꿀꺽꿀꺽 마셨어요. 하지만 아무리 마셔도 강물은 줄어들지 않았어요. 개들은 물배만 잔뜩 불렀지요.

(1) 개들이 고깃덩이를 물속에 빠뜨렸다니 안타깝다. ( )

(2) 강물을 마셔서 없애려고 하다니, 개들은 어리석다. ( )

(3) 고기를 먹을 수 있는 방법을 생각해 낸 것을 보니, 개들은 지혜롭다. ( )

유형 2 인물이 처한 상황에 대한 생각이나 느낌 찾기

똑같은 사람이 자신이라고 우기는 상황에서 선비가 했을 법한 생각이나 느낌을 말한 것을 찾는 문제입니다.

2 이 이야기를 읽고, 선비가 처한 상황에 대한 생각이나 느낌을 알맞게 말하지 <u>못한</u> 친구에 ○표 하세요.

> 선비는 산에서 공부를 하다가 오랜만에 집으로 돌아왔어요. 그런데 자신과 똑같이 생긴 사람이 집 안에 있는 거예요.
> "아니, 넌 누구냐?"
> "누군 누구야. 이 집 아들이지. 그런 넌 누구냐?"
> "나야말로 이 집의 진짜 아들이다!"
> "거짓말 마라. 내가 진짜야!"

(1) 내가 선비였다면 답답하고 황당했을 거야.

(2) 나와 똑같이 생긴 사람이 나라고 우긴다면 엄청 화가 날 거야.

(3) 선비는 똑같은 사람을 만나서 아주 신나고 즐거웠을 거야.

3 이 이야기를 읽고 떠오르는 경험을 알맞게 말하지 <u>못한</u> 친구는
국어 누구인지 쓰세요. (   )

유형 3 이야기 읽고 경험 떠올리기

이야기 속 인물과 비슷한 경험을 떠올린 것을 찾는 문제입니다.

한숨 근심이나 설움이 있을 때, 또는 긴장하였다가 안도할 때 길게 몰아서 내쉬는 숨.

준수는 어깨를 축 늘어뜨리고 터덜터덜 교문을 나섰어요.

"받아쓰기 시험에서 40점을 받다니. 엄마에게 뭐라고 하지? 후유."

준수는 한숨이 나왔어요. 엄마가 화내는 얼굴이 떠오르고, 실망하는 얼굴도 떠올랐지요.

"아! 집에 가기 싫은데……."

준수는 괜히 문방구에 들러서 학용품을 이것저것 구경했어요. 그러고는 놀이터로 갔어요. 아이들이 즐겁게 잡기 놀이를 하고 있었어요.

"준수야! 너도 같이하자."

한 친구가 말했어요. 하지만 준수는 고개를 가로저었어요.

"됐어. 너희끼리 놀아라."

• 준우: 내가 받아쓰기 시험을 망쳤던 일이 떠올랐어. 그때 나도
　　엄마께 혼날까 봐 몹시 걱정을 했지.

• 예서: 이야기를 읽으니까 오늘 문방구에서 학용품을 구경했던
　　일이 떠올라. 난 아주 예쁜 스티커를 샀어.

• 동현: 놀이터에서 친구가 놀자고 했는데 준수가 싫다고 한 마음
　　을 이해할 수 있어. 나도 미술 대회를 앞두고 걱정이 되어
　　서 친구가 놀자고 했을 때 거절한 적이 있어.

●글의 종류 이야기(동화)

●글의 특징 황금 알을 낳는 거위를 기르는 할아버지와 할머니가 한꺼번에 많은 황금 알을 얻으려다 거위를 잃었다는 이야기로, 지나치게 욕심을 부려서는 안 된다는 교훈을 줍니다.

●낱말 풀이
남부럽지 남의 좋은 점이나 우월한 점이 부럽지.
잡았어요 죽였어요.

지문 ★ ☆ ☆

낱말 ★ ☆ ☆

　　옛날에 할아버지와 할머니가 거위 한 ㉠마리를 기르며 살았어요. 그 거위는 신기하게도 황금 알을 낳았어요. 할아버지와 할머니는 거위가 낳은 황금 알을 시장에 내다 팔아서 남부럽지 않게 잘살았어요.
　　그런데 날이 갈수록 욕심이 생겼어요.
　　"날마다 알을 딱 한 개만 낳을 게 뭐람."
　　"매일 황금 알을 낳는 걸 보면, 거위 배 속에는 황금 알이 가득 들어 있는 게 분명해요. 그 알을 몽땅 꺼내서 팔면 어떨까요?"
　　"그거 좋은 생각이구려."
　　할아버지와 할머니는 거위를 잡았어요. 기대에 차서 거위의 배를 갈라 보았지요.
　　"아니! 거위 배 속에 황금 알이 하나도 없네!"
　　"아이고, 이를 어쩌면 좋아요."
　　할아버지와 할머니는 땅을 치며 후회했어요. 하지만 황금 알을 낳는 거위는 이미 목숨을 잃은 뒤였지요.

1 할아버지와 할머니가 거위를 잡은 까닭은 무엇입니까? (   )

이해

① 거위를 기르기 힘들어서

② 배가 고파서 거위를 잡아먹으려고

③ 거위가 낳은 황금 알을 시장에 내다 팔기가 귀찮아서

④ 거위 배 속에 황금 알이 없는 것을 알고 거위가 필요 없어져서

⑤ 거위 배 속에 황금 알이 가득 있다고 생각하여 몽땅 꺼내서 팔려고

3주 2일
학습 끝!

붙임 딱지 붙여요.

2 ㉠을 바르게 사용한 것을 두 가지 고르세요. (   )

어휘

① 집 한 마리   ② 개 한 마리   ③ 이불 한 마리

④ 생선 한 마리   ⑤ 나무 한 마리

3 이 이야기와 관련한 생각이나 느낌을 알맞게 떠올리지 못한 친구에 ○ 표 하세요.

추론

(1) 거위가 황금 알을 낳았다니, 정말 신기한 일이야.

(2) 할아버지와 할머니는 괜히 욕심을 부려서 귀한 거위만 잃고 말았구나.

(3) 박물관에서 황금으로 만든 왕관을 본 기억이 떠올라.

4 이 이야기를 읽고 얻을 수 있는 교훈으로 알맞은 것을 찾아 기호를 쓰세요. (   )

추론

㉮ 착한 일을 하면 복을 받는다.

㉯ 지나치게 욕심을 부려서는 안 된다.

㉰ 부자로 불안하게 사는 것보다 가난해도 마음 편하게 사는 것이 더 행복하다.

내가 잘하는 것 소개하기

★ 친구들이 저마다 잘하는 것을 소개하고 있어요. 선을 따라가며 친구가 그것을 잘하게 된 까닭은 무엇인지, 잘할 수 있는 방법은 무엇인지 알 아보세요.

나는 노래를 잘해!

나는 다른 사람 흉내를 잘 내!

노래를 많이 듣고 열심히 따라 부르다 보니까 노래를 잘하게 되었어.

다른 사람의 흉내를 잘 내려면, 흉내 내려는 사람의 특징을 잘 파악해야 해. 목소리나 행동, 습관 등을 따라 하면 되지.

주제 탐구

자신이 잘하는 것을 친구들에게 소개할 수 있습니다. 이때 소개할 내용을 먼저 정리해야 합니다. 자신이 잘하는 것이 무엇인지, 잘하게 된 까닭은 무엇인지, 잘할 수 있는 방법은 무엇인지를 정리해 봅니다.

유형 1 소개하는 대상 알기

글쓴이가 소개하는 대상을 파악하여 글쓴이가 잘하는 것을 찾는 문제입니다.

건들건들 물체가 이리저리 가볍고 크게 자꾸 흔들리는 모양.

1 이 글에서 '나'가 잘하는 것은 무엇인지 빈칸에 쓰세요.

국어

> 나는 춤을 잘 추어요. 느린 음악이 나오면 건들건들 춤을 추고, 빠른 음악이 나오면 신나게 몸을 흔들지요.
> 예전에는 신나는 음악에만 춤을 출 수 있었어요. 그런데 느린 음악에 맞추어서 춤추는 연습을 했더니, 이제는 어떤 음악에도 맞추어 춤을 잘 출 수 있게 되었어요.
> 춤을 잘 추는 방법은 멋지게 추어야 한다는 생각을 버리는 거예요. 음악에 귀를 기울이고 자유롭게 몸을 움직이는 것이 중요해요.

• [　] 을/를 잘 춘다.

유형 2 소개하는 내용의 세부 정보 파악하기

글쓴이가 소개하는 만화를 잘 그리게 된 까닭을 파악하는 문제입니다.

2 글쓴이가 만화를 잘 그리게 된 까닭을 잘못 말한 친구에 ○표 하세요.

국어

> 저는 만화책 보는 것을 좋아하고, 만화를 잘 그리기도 해요.
> 하지만 처음 만화를 그릴 때에는 잘 그리지 못했어요. 그래서 날마다 만화책에 나오는 그림을 똑같이 따라 그리는 연습을 했어요. 식물과 동물, 사람, 물건의 모습을 자세히 살펴보았지요. 그랬더니 만화 그리는 실력이 쑥쑥 늘었어요.
> 만화를 잘 그리는 방법은 날마다 열심히 그려 보는 거예요. 그리고 식물이나 동물, 사람, 물건의 특징을 잘 살려서 그리는 거예요.

(1) 책을 많이 읽었기 때문이구나.

(2) 식물과 동물, 사람, 물건의 모습을 자세히 살펴보았군.

(3) 만화책의 그림을 똑같이 따라 그리는 연습을 했구나.

3 이 글을 읽고, 아래 표의 빈칸에 알맞은 글의 기호를 쓰세요.

국어

유형 3 소개할 내용 분석하기

글쓴이가 소개하는 구체적인 내용을 파악하는 문제입니다.

지루해서 시간이 오래 걸리거나 같은 상태가 오래 계속되어 싫증이 나서.
꾸물거리거나 게으르고 굼뜨게 행동하거나.

(가) 나는 시간 약속을 잘 지킵니다.

(나) 솔직히 말하면, 얼마 전까지만 해도 시간 약속을 자주 어겼습니다. 매번 5분이나 10분쯤 늦고 더 늦은 적도 있습니다. 그런데 어느 날, 30분이나 친구를 기다린 적이 있었습니다. 그때 나는 기다리는 일이 몹시 지루해서 화가 나고, 친구에게 무슨 일이 생긴 것이 아닌가 하는 걱정도 들었습니다.

(다) 그러다 그동안 내가 약속 시각에 늦은 것을 반성하게 되었습니다. 그 뒤로는 약속 시각에 늦지 않습니다.

(라) 약속 시각에 늦지 않는 방법은 나갈 준비를 미리미리 하는 것입니다. 일찍 세수를 하고, 옷을 입고, 가지고 갈 물건이 있으면 챙겨 둡니다. 무엇보다 중요한 것은 기다리는 사람의 마음을 생각해 보는 것입니다. 그러면 꾸물거리거나 딴짓을 하다가 늦는 일이 없을 것입니다.

안녕!

• 잘하는 것	(가)
• 잘하는 방법	(1) ( )
• 잘하게 된 까닭	(다)
• 잘하는 것과 관련된 경험	(2) ( )

●글의 종류 소개하는 글

●글의 특징 자신이 잘하는 것을 소개한 글입니다. 잘하는 것, 잘하게 된 까닭, 잘하는 방법 등을 소개하고 있습니다.

●낱말 풀이
사촌 아버지 형제의 아들이나 딸.
상상력 실제로 경험하지 않은 것에 대하여 마음속으로 그려 보는 힘.

지문 ★ ★ ☆

낱말 ★ ★ ☆

(가) 나는 언제 어디서든 재미있게 노는 것을 잘해요. 놀이터나 놀이공원에 놀러 가지 않아도, 장난감이 없어도 신나게 놀 수 있지요.

(나) 언제 어디서든 재미있게 놀 수 있게 된 것은 시골에 사는 사촌 형 덕분이에요. 작년 여름에 시골에 사는 큰아버지 댁에 놀러 간 적이 있었어요. 그런데 그곳에는 장난감도 없고, 놀이터도 없었어요. 그래서 나는 마당을 ㉠오락가락하며 심심해하고 있었지요. 그런데 갑자기 사촌 형이 이렇게 말했어요.

"마당에 외계인이 나타났다! 오, 수탉을 닮은 외계인이군."

사촌 형이 외계인이라고 말한 것은 진짜 수탉이었어요. 그런데 수탉을 외계인이라고 상상하니 너무 재미있는 거예요. 그날 우리는 개를 닮은 외계인도 만나고, 개미를 닮은 외계인 무리도 만났어요. 그렇게 사촌 형에게 상상하며 노는 방법을 배운 뒤로, 나는 언제 어디서든 재미있게 놀 수 있게 되었어요.

(다) 언제 어디서든 재미있게 노는 방법은 상상력을 펼치는 거예요. 내가 있는 곳이 바닷속이라고 상상할 수도 있고, 동굴이라고 상상할 수도 있어요. 또 내가 공룡이나 도둑을 잡는 경찰, 이야기 속 주인공이라고 상상할 수도 있지요. 그렇게 상상하면서 행동하면 아주 재미있게 놀 수 있어요.

1 글쓴이가 잘하는 것은 무엇입니까? (　　　)

이해

① 동물과 놀기　　　　　　　　② 외계인과 놀기

③ 장난감 가지고 놀기　　　　　④ 놀이공원에 가서 놀기

⑤ 언제 어디서든 재미있게 놀기

3주 3일
학습 끝!

붙임 딱지 붙여요.

 2 (가)~(다) 중 글쓴이가 '잘하는 방법'을 소개한 것의 기호를 쓰세요.

구조

(　　　　　)

3 ㉠의 뜻으로 알맞은 것의 기호를 쓰세요. (　　　　　)

어휘

㉮ 계속해서 왔다 갔다 하며

㉯ 자꾸 엎치었다 덮치었다 하며

㉰ 어쩔 줄 몰라 하며 다급하게 서두르며

㉱ 올라갔다 내려갔다 하는 것을 되풀이하며

---

 4 글쓴이가 소개한 잘하는 방법을 활용한 친구에 ○표 하세요.

문제해결

(1) 놀이터에서
그네를 타며
놀았어.

(2) 개미를
자세하게 관찰해
보았어.

(3) 친구와
「토끼와 거북」
역할극을 하며
놀았어.

95

14 무엇을 설명하는지 생각하며 글 읽기

3주

★ 다음을 읽고, 무엇을 설명하는지 색칠하며 길 찾기를 해 보세요.

소나기가 내린 뒤에 공중에 떠 있는 물방울이 햇빛을 받아 나타나는, 일곱 빛깔의 줄.

이른 봄에 잎보다 먼저 피는 노란 꽃.

도착

주제 탐구

　글을 읽기 전에 제목이나 그림을 살펴보고, 무엇을 설명하는 글인지 짐작해 봅니다. 그리고 나서 글을 읽으며 무엇을 설명하는지 알아봅니다. 이때 설명하는 글이 언제 필요할지도 생각하며 읽습니다.

독해력 활짝

1 다음 제목과 그림을 보고, 이어지는 글이 무엇을 설명할지 짐작하여 빈칸에 알맞은 말을 쓰세요.

유형 1 제목이나 그림을 보고 설명하는 대상 짐작하기

제목이나 그림을 보고 무엇을 설명할지 짐작해 보는 문제입니다.

바슬즐

> ### 문지르기 방법으로 그림 그리기
>
> 문지르기 방법으로 나뭇잎을 생생하게 그려 볼까요?

• ☐☐☐☐ 방법으로 나뭇잎 그리는 방법을 설명할 것이다.

2 이 글에서 설명하는 것이 무엇인지 알맞게 파악한 친구에 ○표 하세요.

유형 2 설명하는 대상 찾기

설명하는 글을 읽고, 무엇을 설명하고 있는지 파악하는 문제입니다.

표지 책의 맨 앞뒤의 겉장.
다양합니다 모양, 빛깔, 형태, 양식 따위가 여러 가지로 많습니다.
병풍 바람을 막거나 무엇을 가리거나 또는 장식용으로 방 안에 치는 물건.

국어

> 책은 종이를 여러 장 묶어서 맨 물건입니다. 책의 앞뒤에는 표지가 있고, 안에는 여러 장의 종이가 있습니다. 책의 표지는 보통 안의 종이보다 조금 더 두껍습니다. 책의 크기와 두께는 다양합니다. 큰 책도 있고, 작은 책도 있고, 두꺼운 책이 있는가 하면, 얇은 책도 있습니다. 책은 네모난 모양이 많습니다. 그러나 나비나 사과 모양의 책, 펼치면 그림이 튀어나오는 책, 병풍처럼 길게 펼쳐지는 모양의 책도 있습니다.

(1) 책의 쓰임새에 대해서 설명하고 있어.

(2) 책의 생김새에 대해 자세히 설명하고 있어.

(3) 이 글을 읽으면, 재미있는 책을 고르는 방법에 대해 알 수 있어.

3 이와 같은 설명하는 글이 필요한 때를 <u>모두</u> 고르세요. (   )

바슬즐

유형 3 설명하는 글이 필요한 경우 찾기

설명하는 대상을 파악하고 이와 같은 글이 필요한 경우를 찾는 문제입니다.

무리 정도에서 지나치게 벗어남.

첨벙첨벙 물놀이는 신나요. 하지만 물놀이를 갔을 때, 빨리 놀고 싶다고 해서 바로 물에 뛰어들어서는 안 돼요. 물은 우리 체온보다 차가워요. 갑자기 차가운 물에 들어가면 근육이 놀라거나 심장에 무리가 갈 수 있어요.

그래서 물에 들어가기 전에는 반드시 준비 운동을 해야 해요. 5분에서 10분 정도 다리와 팔을 쭉쭉 펴고, 목과 허리를 천천히 돌리고, 가슴을 쫙 펴는 운동을 해요.

준비 운동을 마친 다음에는 다리, 팔, 얼굴, 가슴 등 심장에서 먼 순서대로 물을 적셔요. 그런 다음 물에 들어가서 물놀이를 해요.

물놀이는 재미있지만 너무 오래 하면 몸이 차가워지고 피곤해져요. 30분 정도 물에서 놀았다면 물 밖으로 나와서 10분쯤 쉬면서 몸을 따뜻하게 하고 다시 물에 들어가도록 해야 해요.

① 수영장에 갔을 때   ② 계곡에서 물놀이를 할 때
③ 온천탕에 몸을 담글 때   ④ 목욕탕에 가서 목욕할 때
⑤ 바다에서 물놀이를 할 때

● **글의 종류** 설명하는 글(설명문)

● **글의 특징** 손을 깨끗이 씻어야 하는 까닭과 손을 바르게 씻는 방법에 대해 자세히 설명하고 있습니다.

● **중심 내용**
(가) 우리가 손으로 여러 가지 물건을 만지면 손에 병균이 묻음.
(나) 손에 묻은 병균은 눈, 코, 입을 만질 때 몸속으로 들어가 질병을 일으킬 수 있음.
(다) 손을 씻을 때는 흐르는 물에 1분 이상, 그림 속 여섯 단계의 올바른 방법으로 씻어야 함.

● **낱말 풀이**
병균 병을 일으키는 균.
질병 몸의 온갖 병.
예방하고 질병이나 재해 따위가 일어나기 전에 미리 대처하여 막고.

(가) 우리는 손으로 여러 가지 ㉠물건을 만져요. 공놀이를 하고, 철봉에 매달리기도 해요. 화장실 문을 여닫고, 도서관에서 여럿이 함께 보는 책을 집기도 하지요. 이렇게 손으로 여러 물건을 만지다 보면 손에 병균이 묻어요.

(나) 손에 묻은 병균은 우리가 눈을 비비거나 코와 입을 만질 때, 몸속으로 들어가서 질병을 일으킬 수 있어요. 그래서 손을 깨끗이 잘 씻어야 해요.

(다) 손을 씻을 때에는 흐르는 물에 1분 이상 씻어요. 이때 다음과 같은 올바른 방법으로 손을 씻어야 해요.

1 손바닥을 마주 대고 비벼요.

2 손가락을 마주 잡고 문질러요.

3 손등과 손바닥을 포개고 문질러요.

4 엄지손가락을 다른 손으로 감싸 쥐고 문질러요.

5 손깍지를 끼고 손가락 사이사이를 문질러요.

6 손가락을 구부려서 반대편 손바닥에 놓고 손톱 밑을 문질러요.

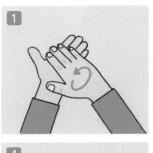 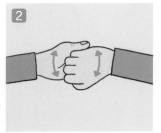 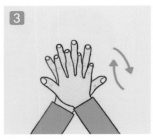

손을 깨끗이 씻으면, 질병을 예방하고 건강하게 생활할 수 있어요.

1 이 글에서 설명하고 있는 것은 무엇입니까? (   )

 이해

① 건강　　　　　　　② 병균　　　　　　　③ 질병
④ 손 씻기　　　　　　⑤ 손가락 춤

3주 4일
학습 끝!

붙임 딱지 붙여요.

2 이 글의 내용으로 알맞지 <u>않은</u> 것은 무엇입니까? (   )

이해

① 여러 물건을 만지다 보면 손에 병균이 묻는다.
② 손을 씻을 때 손가락 사이는 씻지 않아도 된다.
③ 손을 씻을 때에는 흐르는 물에 1분 이상 씻는다.
④ 몸속으로 들어간 병균은 질병을 일으킬 수 있다.
⑤ 손에 묻은 병균은 눈, 코, 입을 만질 때 몸속으로 들어간다.

3 ㉠에 쓰인 '자음자'를 <u>모두</u> 쓰세요. (   )

어휘

4 이 글을 읽고 실천하는 방법을 <u>잘못</u> 말한 친구에 ○표 하세요.

문제해결

(1) 놀이터에서 놀고 집에 들어오면 꼭 손을 씻어야겠어.

(2) 공놀이를 하다 눈이 가려울 때에는 손에 묻은 흙만 털고 눈을 만져야지.

(3) 화장실에 갔다 올 때에는 손을 깨끗이 씻어야 해.

101

내용을 확인하며 글 읽기

★ 다음 내용에 알맞은 그림을 찾아 ○표 하며, 글을 읽어 보세요.

가마우지는 물에 사는 새예요. 몸 빛깔은 짙은 초록빛이 감도는 검은색이에요.

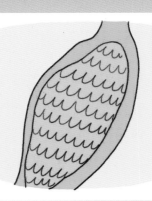

물고기를 잡기 좋도록 부리가 길고, 부리 끝이 살짝 구부러져 있어요.

물에서 헤엄치기 좋게 발에는 물갈퀴가 있어요.

가마우지는 물속으로 잠수하여 물고기를 잡아요.

잡은 물고기를 통째로 꿀꺽 삼키지요.

물 밖에서 젖은 날개를 말릴 때에는 날개를 옆으로 활짝 벌려요.

주제 탐구

　글에서 중요한 내용을 정리하기 위해서는 글 전체의 내용을 알아보아야 합니다. 글에서 알리고 싶은 내용이 무엇인지 생각해 봅니다. 그리고 중요한 내용을 정리해 봅니다.

1 이 글에서 알려 주고 있는 것에 ○표 하세요.

바슬즐

교통수단은 사람이 어디를 오갈 때나 짐을 원하는 곳으로 옮길 때 필요한 탈것이에요. 버스, 자동차, 택시, 지하철, 고속버스, 기차, 배, 비행기 등을 통틀어서 교통수단이라고 부르지요. 우리는 얼마나 멀리 갈지, 어디로 갈지에 따라 알맞은 교통수단을 골라서 이용할 수 있어요.

(1) 먼 거리는 걸어갈 수 없다는 것을 알려 주고 있어.

(2) 교통수단에 대해 알려 주고 있어.

(3) 얼마나 멀리 갈지, 어디로 갈지를 알려 주고 있어.

2 이 글의 내용으로 맞으면 ○표, 틀리면 ✕표 하세요.

바슬즐

자유는 쉽게 말해서 자기 뜻대로 행동하고 선택할 수 있다는 뜻이에요. 우리는 자유롭게 공부하거나 놀 수 있어요. 하고 싶은 말을 할 자유, 원하는 곳으로 갈 자유도 있지요.
하지만 자유가 있다고 해서 제멋대로 행동해도 되는 것은 아니에요. 자유롭게 행동하거나 선택할 때에도 다른 사람에게 피해를 주어서는 안 돼요. 다른 사람의 자유도 나의 자유처럼 소중하기 때문이에요.

(1) 우리에게는 공부하거나 놀 자유가 있어. 　　　　　(　　)
(2) 자유가 있어서 우리는 제멋대로 행동해도 돼. 　　　(　　)
(3) 다른 사람의 자유보다 나의 자유가 더 소중해. 　　　(　　)
(4) 자유롭게 행동할 때 다른 사람에게 피해를 주어서는 안 돼.
　　　　　　　　　　　　　　　　　　　　　　　　　(　　)

3 다음은 이 글을 읽고 중요한 내용을 정리한 것이에요. 빈칸에 알맞은 말을 쓰세요.

유형 3 중요한 내용 파악하기

동물과 식물의 다른 점을 파악하여 빈칸에 알맞은 말을 쓰는 문제입니다.

영양분 영양이 되는 성분.

지구에는 많은 동물과 식물이 있습니다. 개, 고양이, 참새, 까치, 금붕어, 파리 등은 동물입니다. 사람도 동물에 속합니다. 그런가 하면 소나무, 은행나무, 장미, 민들레, 해바라기 등은 식물입니다. 동물과 식물은 어떤 점이 다를까요?

동물은 스스로 움직일 수 있습니다. 발이나 날개, 지느러미 등을 움직여서 자신이 가고 싶은 곳으로 갈 수 있습니다. 하지만 식물은 동물처럼 자유롭게 움직일 수 없습니다. 대부분 한 곳에 뿌리를 내리고 살아갑니다.

동물과 식물은 영양분을 얻는 방법도 다릅니다. 동물은 다른 동물이나 식물을 먹어서 살아가는 데 필요한 영양분을 얻습니다. 그러나 식물은 흙과 물, 햇볕 등을 이용해서 필요한 영양분을 스스로 만들어 냅니다.

• 동물과 식물은 다른 점이 있습니다. (1) (   )은 스스로 움직일 수 있지만, (2) (   )은 스스로 움직일 수 없습니다. 그리고 (3) (   )은 다른 동물이나 식물을 먹어서 영양분을 얻지만, (4) (   )은 흙과 물, 햇볕 등을 이용해서 스스로 필요한 영양분을 만들어 냅니다.

여러분은 달리기를 좋아하나요? 지금부터 달리기 운동 경기를 소개하려고 해요. 100미터 달리기, 장애물 달리기, 이어달리기, 마라톤 등 달리기 운동 경기에는 여러 가지가 있답니다.

100미터 달리기는 100미터 거리를 쏜살같이 달리는 거예요. "땅!" 하고 출발을 알리는 소리가 나면, 선수들은 튕기듯 앞으로 달려 나가요. 결승선까지 숨도 쉬지 않고 단숨에 달리지요.

장애물 달리기는 장애물을 뛰어넘으며 달리는 거예요. 이 장애물을 '허들'이라고 부르는데, 장애물 달리기에서는 열 개의 허들을 넘어야 해요. 달리기도 잘하고 뛰어넘기도 잘해야 하는 운동 경기이지요.

이어달리기는 정해진 거리를 네 명의 선수가 나누어 달리는 거예요. 이때 '배턴'이라고 부르는 짧은 막대를 주고받으며 달리기를 이어 가요. 배턴을 떨어뜨리면 줍는 데 시간이 걸리므로, 배턴을 놓치지 않도록 주의해야 해요.

마라톤은 42.195킬로미터나 되는 아주 먼 거리를 달리는 거예요. 오래오래 달려야 하기 때문에 처음에 너무 빨리 달리면 힘이 빠져서 끝까지 달릴 수 없어요. 마라톤은 끝까지 달리는 것도 어려울 만큼 힘든 경기랍니다.

1 이 글의 제목으로 가장 알맞은 것은 무엇입니까? (   )

이해

① 운동   ② 결승선   ③ 이어달리기
④ 잘 달리는 방법   ⑤ 달리기 운동 경기

2 이 글의 내용으로 맞으면 ○표, 틀리면 ✕표 하세요.

이해

⑴ 100미터 달리기는 100미터 거리를 달리는 경기이다.   (   )
⑵ 마라톤은 오래 달려야 하기 때문에 처음에 빨리 달려야 한다. (   )
⑶ 이어달리기를 할 때에는 '허들'이라고 부르는 짧은 막대를 주고받으며
   달린다.   (   )

3 띄어 읽기 표시(∨, ⋁)가 바르지 <u>않은</u> 것의 기호를 쓰세요. (   )

어휘

   장애물 달리기는 장애물을 뛰어넘으며 달리는 거예요. ㉠⋁이 장
애물을 '허들'이라고 부르는데, ㉡⋁장애물 달리기에서는 열 개의 허
들을 넘어야 해요. ㉢⋁달리기도 잘하고 뛰어넘기도 잘해야 하는 운
동 경기이지요. ㉣⋁

4 다음은 어떤 운동 경기의 모습인지 이 글에서 찾아 쓰세요.

추론

(   )

얼굴과 관련 있는 관용 표현

 우리가 사용하는 말 중에서 원래의 뜻과는 다른 새로운 뜻으로 굳어진 표현을 '관용 표현'이라고 해요. 관용 표현에는 얼굴과 관련 있는 것이 많지요. '얼굴이 두껍다'는 '뻔뻔하다.', '부끄러워하지 않는다.'는 뜻이고, '눈이 높다'는 평가 기준이 높은 것을 뜻하며, '입이 무겁다'는 함부로 말하지 않는 것을 뜻해요.

- 눈에 밟히다 자꾸 생각나고 눈에 떠오른다는 뜻이에요. 예 할머니는 손자의 모습이 눈에 밟혔다.
- 얼굴에 씌어 있다 감정, 기분 등이 얼굴에 나타난다는 뜻이에요. 예 수지가 잘못했다는 것이 얼굴에 씌어 있었다.
- 귀가 얇다 다른 사람 말을 쉽게 믿는다는 뜻이에요. 예 지우는 귀가 얇아서 거짓말을 쉽게 믿는다.
- 귀가 따갑다 여러 번 들어서 지겹다는 뜻이에요. 예 엄마의 잔소리는 귀가 따갑게 이어졌다.
- 코가 납작해지다 창피를 당해서 기가 죽는다는 뜻이에요. 예 잘난 척하던 친구의 코가 납작해졌다.

1 다음 대화에서 둘 중 알맞은 표현을 골라 ○표 하세요.

귀가 (**얇게** / **따갑게**)
잔소리를 하실 때에는 싫었는데,
할머니가 시골로 가시니까
너무 보고 싶어.

벌써 할머니
모습이 눈에
(**높구나** / **밟히는구나**).

2 다음 문장에 알맞은 관용 표현을 [보기]에서 골라 빈칸에 쓰세요.

> 보기
>
> 코가 납작해져서   귀가 얇아서

⑴ 지한이는 (   ) 친구들의 말을 쉽게 믿는다.

⑵ 소년은 어제 달리기 시합 때 (   ) 학교에 가기가 싫었다.

이번 주 나의 독해력은?	이번 주 학습을 모두 끝마쳤나요?	☺	☺	☹
	이야기를 읽으며 인물의 생각을 파악할 수 있나요?	☺	☺	☹
	글을 읽으면서 무엇을 설명하는지 파악할 수 있나요?	☺	☺	☹

정답 1. 따갑게, 밟히는구나 2. ⑴ 귀가 얇아서 ⑵ 코가 납작해져서

PART3

문제해결 독해

글에서 감동적인 부분을 찾아 글쓴이의 마음에 공감하고
글을 읽고 난 감동을 표현하며 읽어요.
또, 여러 글에 나타난 다양한 문제 상황과 해결 방법을
나의 생활에 적용하며 창의적으로 읽는 방법을 배워요.

contents

시에서 흉내 내는 말 바꾸기

★ 다음 그림에 어울리는 흉내 내는 말을 따라 써 보고, 비슷한 흉내 내는 말을 빈칸에 쓰세요.

강아지가 │졸졸│ │졸래졸래│ │ │ 따라와요.

│흔들흔들│ │덩실덩실│ │ │ 신나게 춤을 추자.

주제 탐구

흉내 내는 말은 사람이나 사물의 소리나 모양을 나타내는 말입니다. 시를 읽으며 흉내 내는 말을 찾아봅니다. 그 흉내 내는 말과 비슷한 흉내 내는 말이 무엇일지 떠올려 봅니다. 또, 시의 내용에 알맞은 흉내 내는 말을 생각하여 바꾸어 봅니다.

독해력 활짝

유형 1 흉내 내는 말 찾기

시에서 소리나 모양을 나타내는 흉내 내는 말을 찾는 문제입니다.

오색 다섯 가지의 빛깔. 여러 가지 빛깔.

1 ㉠~㉤ 중 흉내 내는 말이 <u>아닌</u> 것은 어느 것입니까? (   )

국어

아롱다롱 나비야

목일신

㉠아롱다롱 나비야
아롱다롱 꽃밭에
㉡나풀나풀 오너라.
붉은 꽃이 웃는다.
노랑꽃이 웃는다.
㉢앞뜰 위에 홀로 핀
복사꽃이 웃는다.
너를 보고 웃는다.

아롱다롱 나비야
아롱다롱 꽃 위에
㉣사뿐사뿐 앉아라.
㉤송이송이 꽃 속에
고이고이 잠들어
붉은 꿈을 꾸어라.
노랑 꿈을 꾸어라.
오색 꿈을 꾸어라.

---

① ㉠   ② ㉡   ③ ㉢   ④ ㉣   ⑤ ㉤

유형 2 흉내 내는 말이 나타내는 모양 알기

흉내 내는 말이 어떤 모양을 나타내는지 알아보는 문제입니다.

단숨에 쉬지 아니하고 곧바로.

2 ㉠의 흉내 내는 말을 나타낸 그림으로 알맞은 것의 기호를 쓰세요. (   )

국어

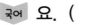
새 신

윤석중

새 신을 신고
뛰어 보자 ㉠팔짝
머리가 하늘까지 닿겠네

새 신을 신고
달려 보자 휙휙
단숨에 높은 산도 넘겠네

114

3 다음 밑줄 친 흉내 내는 말 중에서 두 개를 골라, 다른 흉내 내
는 말로 바꾸어 쓰세요.

국어

유형 3 흉내 내는 말 바꾸어 쓰기

흉내 내는 말을 다른 흉내 내는 말로 바꾸어 쓰는 문제입니다.

공놀이

김종상

<u>동글동글</u> 예쁜 공
우리들 친구
던지면은 <u>팔딱팔딱</u>
뛰어가는 공
모두모두 모여라
공놀이 하자.

<u>탱글탱글</u> 부푼 공
우리의 친구
쫓아가면 <u>대굴대굴</u>
달아나는 공
모두모두 모여라
공차기 하자.

· [   ] ➡ [   ]

· [   ] ➡ [   ]

지문
★
★
☆

낱말
★
★
☆

●글의 종류 동시

●글의 특징 낮잠 주무시는 할아버지 주머니 속에서 굴러 나온 밤 한 톨을 보고, 아이들이 구워 먹자며 이야기 나누는 모습이 떠오르는 시입니다.

●중심 내용
1~3연 낮잠 주무시는 할아버지 주머니 속에서 밤 한 톨이 굴러 나옴.
4~5연 밤 한 톨로 무엇을 할까 하다가 숯불에 구워 먹기로 함.
6~8연 나는 아주 작은 밤 한 톨이지만 아무도 모르게 너와 함께 먹고 싶음.
9연 낮잠 주무시는 할아버지가 깨시지 않게 조용히 나누어 먹고 싶음.

●낱말 풀이
떽떼굴 크고 단단한 물건이 다른 물건에 부딪치면서 굴러가는 소리. 또는 그 모양.
설설 넓은 그릇의 물 따위가 천천히 고루 끓는 모양.
호리호리 '호리'는 '매우 적은 분량'을 비유적으로 이르는 말로, 이를 반복하여 썼음.

밤 한 톨이 떽떼굴

윤석중

㉠떽떼굴 굴러 나왔다.
떽떼굴 굴러 나왔다.

무엇이 굴러 나왔나?
㉡밤 한 톨 굴러 나왔네.

어디서 굴러 나왔나?
낮잠 주무시는 할아버지
주머니 속에서 굴러 나왔네.

무엇 할까?
구워 먹지.

어디다 굴까?
숯불에 굽지.

설설 끓거든
㉢호호 불어서

너하구 나하구 달궁달궁
아무도 모르게 달궁달궁.

오호 참말 밤 한 톨
호리호리 밤 한 톨

쉬쉬 떠들지 마라.
할아버지 낮잠 깨실라.

116

1 밤 한 톨은 어디에서 굴러 나왔습니까? (　　　)

이해

① 밤송이에서　　　　　　　　　② 숯불 속에서
③ 호리병 속에서　　　　　　　　④ 할머니 주머니 속에서
⑤ 할아버지 주머니 속에서

4주 1일
학습 끝!

붙임 딱지 붙여요.

2 ㉠을 다른 흉내 내는 말로 바꾸어 쓰세요.

어휘

(　　　　　　　　　　　)

3 밑줄 친 '밤' 중에서 ㉡과 같은 뜻으로 쓰인 것의 기호를 쓰세요.

어휘

㉮ 해가 지고 밤이 되었다.
㉯ 다람쥐가 밤을 까먹었다.
㉰ 밤이 깊었으니, 그만 자렴.
㉱ 겨울에는 밤이 길고 낮이 짧다.

(　　　　　　)

4 ㉢을 읽고 떠오르는 모습을 알맞게 말한 친구에 ○표 하세요.

추론

(1) 밤을 먹으며
호호 웃는 모습이
떠오르는군.

(2) 불에 구워서
뜨거운 밤을 호호
불어서 식히는
모습이 떠올라.

(3) 차가운 손을
뜨거운 입김으로
호호 불어서 녹이는
모습이 그려져.

17 4주

인물의 행동에 대한 자신의 생각 표현하기

★ 주어진 장면을 보고, 인물의 행동에 대한 자신의 생각을 표현했어요.
알맞게 말한 친구의 말에 색칠해 보세요.

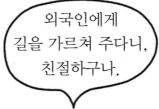

주제 탐구

　인물의 행동에 대한 생각을 표현할 수 있습니다. 먼저 인물이 어떤 행동을 하는지 파악하고, 그 행동에 대해 생각해 봅니다. 인물에게 말하기, 쪽지 쓰기, 편지 쓰기 등의 방법으로 자신의 생각을 표현합니다.

독해력 활짝

유형 1 인물의 행동 파악하기

글에서 글쓴이가 한 행동이 무엇인지 파악하는 문제입니다.

토닥토닥 잘 울리지 않는 물체를 잇따라 가볍게 두드리는 소리나 모양.

1 이 글에서 글쓴이가 한 행동으로 알맞은 것에 ○표 하세요.

국어

> "에구구, 허리야!"
> 설거지를 하고 오신 할머니가 허리를 두드리며 말씀하셨습니다.
> "할머니, 엎드려 보세요."
> 나는 할머니의 허리를 주먹으로 토닥토닥 두드리기도 하고, 꾹꾹 누르기도 하면서 주물렀습니다.

(1) 글쓴이는 할머니와 함께 설거지를 하였다. (　　)

(2) 글쓴이는 할머니의 허리를 주물러 드렸다. (　　)

(3) 글쓴이는 할머니께 시원한 물을 가져다 드렸다. (　　)

유형 2 인물의 행동에 대한 생각 파악하기

인물이 어떤 행동을 했는지 알아보고, 그 행동에 대한 생각을 파악하는 문제입니다.

2 글쓴이의 행동에 대한 자신의 생각을 알맞게 말한 친구에 ○표 하세요.

국어

> 아빠와 산에 오르다가 손을 씻으려고 시냇물로 다가갔습니다. 시냇물 속에는 새끼손가락만 한 작은 물고기들이 헤엄을 치고 있었습니다.
> 그런데 작은 물고기 한 마리가 무엇에 놀랐는지, 갑자기 톡 튀어 올라서 시냇가 돌 위로 떨어졌습니다. 물고기는 물로 돌아가려는 듯 팔딱거렸지만 제자리였습니다. 그래서 나는 손으로 조심스럽게 물고기를 들어서 물속에 넣어 주었습니다.

(1) 물고기를 잡으려는 행동은 옳지 못해.

(2) 물고기는 글쓴이 때문에 놀란 것이 틀림없어.

(3) 물고기를 도와주다니, 글쓴이는 좋은 일을 했구나.

3

국어

이 글을 읽고, 민준이의 행동에 대한 생각을 쓴 쪽지로 알맞지 않은 것의 기호를 쓰세요. (   )

유형 3 인물의 행동에 대한 생각이 드러난 쪽지 쓰기

인물의 행동을 파악하고, 그 행동에 대한 생각을 적절하게 쓰지 못한 쪽지를 찾는 문제입니다.

골대 축구 경기에 쓰는 골문의 양쪽 기둥.
쏘아붙였습니다 날카로운 말투로 상대를 몰아붙이듯이 공격하였습니다.

친구들과 축구 시합을 하였습니다. 나는 공을 몰고 골대 앞까지 달려갔습니다. 그런데 상대편 진수가 달려와 공을 빼앗으려고 하였습니다. 그래서 나는 진수의 팔을 잡아당겼습니다. 그러자 진수가 팔을 휘둘러서 내 손을 떨쳐 냈습니다. 그 바람에 나는 밀려서 넘어지고 말았습니다.

"앗! 괜찮아?"

진수가 놀란 목소리로 말하였습니다.

"아야! 아파. 사람을 밀면 어떡해?"

나는 아프고 화가 나서 쏘아붙였습니다.

그러자 같은 편 민철이가 말하였습니다.

"민준이 네가 진수 팔을 잡아당겨서 그렇게 된 거잖아."

"넌, 지금 누구 편을 드는 거야?"

나는 민철이에게도 화를 냈습니다.

㉮ 민준아!
바른말을 하는 민철이에게도 화를 내다니, 너무하다.

㉯ 민준아!
진수가 공을 빼앗으려고 너를 밀어 넘어뜨려서 속상했겠다.

㉰ 민준아!
진수가 일부러 너를 넘어뜨린 것은 아니니까 진수를 이해해 주어야 해.

㉱ 민준아!
공을 빼앗길 것 같다고 해서 진수의 팔을 잡아당긴 것은 잘못된 행동이야!

독해력 쑥쑥

● **글의 종류** 생활문

● **글의 특징** 이 글은 글쓴이가 집으로 가는 새로운 길을 찾아 헤매다 다시 학교로 온 뒤에야 집으로 돌아간 체험을 쓴 생활문입니다. 글쓴이의 생각과 느낌이 잘 드러나 있습니다.

● **낱말 풀이**
불쑥 갑자기 마음이 생기거나 생각이 떠오르는 모양.
길모퉁이 길이 구부러지거나 꺾여 돌아가는 자리.
모험 위험을 무릅쓰고 어떠한 일을 함. 또는 그 일.

지문 ★ ★ ☆

낱말 ★ ★ ☆

　　나는 우리 동네에 대해 잘 알지 못합니다. 몇 달 전에 이사를 왔기 때문입니다. 그래서 학교와 집을 오갈 때도 엄마가 알려 주신 길로만 다녔습니다. 그런데 오늘 학교가 끝나고 집으로 가려는데 불쑥 이런 생각이 들었습니다.
　　'오늘은 집까지 다른 길로 가 볼까㉠'
　　나는 늘 다니던 큰길이 아닌 골목길로 향했습니다. 그러고는 집이 있는 방향으로 걸음을 내디뎠습니다. 골목길을 지나서 길모퉁이를 돌고, 또 다른 골목길을 지나자 나온 길모퉁이를 돌았습니다.
　　골목에서 낯선 가게를 많이 보고, 담쟁이가 지붕까지 올라간 집도 보았습니다. 길고양이도 두 마리나 만났습니다. 나는 마치 여행을 가서 모험을 하는 기분이 들었습니다.
　　그런데 한참을 걸어도 우리 집이 나타나지 않았습니다. 점점 다리가 아프고 배도 고팠습니다. 이러다 집에 못 가는 게 아닌가 하는 걱정도 들었습니다. 지나가는 사람에게 우리 집을 물어보려고 하였지만, 자기 집도 모르는 아이라고 생각할 것 같았습니다.
　　그래서 왔던 길을 되돌아서 학교로 갔습니다. 저만치 학교가 보이자, ㉡그제야 마음이 놓였습니다. 나는 학교에서 다시 늘 다니던 길을 걸어서 집으로 돌아왔습니다.

1 이 글의 내용으로 알맞지 <u>않은</u> 것은 무엇입니까? (   )

이해

① '나'는 몇 달 전에 이사를 왔다.

② '나'는 길고양이 두 마리를 만났다.

③ '나'는 골목에서 낯선 가게를 많이 보았다.

④ '나'는 지나가는 사람에게 집으로 가는 길을 물어보았다.

⑤ '나'는 학교와 집을 오갈 때 엄마가 알려 주신 길로만 다녔었다.

4주 2일
학습 끝!

붙임 딱지 붙여요.

2 ㉠에 들어갈 문장 부호로 알맞은 것은 무엇입니까? (   )

어휘

① 쉼표(,)   ② 마침표(.)   ③ 물음표(?)

④ 느낌표(!)   ⑤ 말줄임표(……)

3 ㉡에 담긴 글쓴이의 마음을 알맞게 짐작한 것의 기호를 쓰세요.

추론

> ㉮ 집으로 가려고 했는데 다시 학교가 나와서 걱정이 되었다.
>
> ㉯ 다리가 아팠는데, 학교에서 잠시 쉬어 갈 수 있어서 다행이다.
>
> ㉰ 학교에서 집까지 가는 길은 알고 있으니 이제 집으로 돌아갈 수
> 있어서 안심이 된다.

(   )

4 글쓴이의 행동에 대한 생각을 알맞게 말한 친구에 ○표 하세요.

비판

(1) 엄마 말을 꼭 들어야 하는 것은 아니지.

(2) 집으로 가는 길도 모르다니, 머리가 나쁜 아이구나.

(3) 길을 잃어버릴 뻔 했는데, 무사히 집으로 돌아가서 다행이야.

123

자신의 경험을 떠올리며 읽기

★ 다음 그림을 보고, 비슷한 경험끼리 선으로 이으세요.

여름 방학 때 시골 할머니 댁에
놀러 갔습니다.

운동장에서 친구들과
달리기 시합을 하였습니다.

운동회 때 친구들과
박 터트리기 시합을 하였습니다.

여름 방학에 바닷가로
놀러 갔습니다.

생일날 부모님께
선물을 받았습니다.

댄스 경연 대회에서
대상을 받았습니다.

크리스마스에 곰 인형을
선물 받았습니다.

피아노 콩쿠르에 나가서
금상을 받았습니다.

주제 탐구

경험을 떠올리며 글을 읽기 위해서는 먼저 글쓴이의 경험을 파악합니다. 자신이 글쓴이와 비슷한 경험을 한 기억도 떠올려 봅니다. 비슷한 경험을 떠올리며 글을 읽으면 인물의 마음을 잘 이해할 수 있고, 글을 재미있게 읽을 수 있습니다.

1 글쓴이의 경험으로 알맞지 <u>않은</u> 것에 ○표 하세요.

국어

> 오늘은 설날입니다. 나는 고운 한복을 입고, 할머니와 부모님께 차례로 세배를 드렸습니다. 나는 절을 하며 "새해 복 많이 받으세요."라고 말하였습니다.
>
> 할머니와 엄마 아빠도 내게 좋은 말씀을 해 주셨습니다. 할머니는 세뱃돈도 주셨습니다. 세배를 한 뒤에 떡국을 맛있게 먹었습니다. 그러고 나서 우리 가족은 함께 윷놀이를 하였습니다. 나와 할머니가 한편이 되었는데, 우리 편이 엄마와 아빠 편을 이겼습니다.

(1) 떡국을 맛있게 먹었다. (　　　)

(2) 윷놀이를 했는데 '나'의 편이 이겼다. (　　　)

(3) 할머니와 할아버지께 세배를 드렸다. (　　　)

2 글쓴이와 비슷한 경험을 말한 친구에 ○표 하세요.

국어

> 낮에 『여우 누이』라는 책을 읽었습니다. 책을 읽을 때에는 이야기가 신기하다고만 느꼈습니다. 그런데 밤에 자려고 불을 끄고 누웠는데, 갑자기 그 이야기가 떠오르면서 무서운 생각이 들었습니다. 바람 소리도 무섭게 들리고, 옷장 속에서 불쑥 귀신이 나올 것만 같았습니다. 겁이 나서 이불을 뒤집어썼지만, 앞이 보이지 않아서 더 무서웠습니다. 결국 나는 베개를 들고 엄마 아빠가 주무시고 계신 방으로 갔습니다.

(1) 동물원에 가서 여우를 본 적이 있어.

(2) 어젯밤에 아빠와 베개 싸움을 했지.

(3) 무서운 이야기를 듣고 밤에 잠을 못 잔 적이 있어.

3 이 글을 읽고, 비슷한 경험을 떠올려 수아의 마음을 짐작한 친구
국어 는 누구입니까? (   )

유형 3 비슷한 경험을 떠올려 인물의 마음 짐작하기

발표를 잘 하지 못한 수아와 비슷한 경험을 떠올리며 수아의 마음을 짐작하는 문제입니다.

> 수업 시간에 선생님께서 자신의 꿈을 발표해 보자고 하셨습니다. 앞에 앉은 친구부터 차례대로 일어나 발표하였습니다. 발표를 길게 한 친구도 있고, 짧게 한 친구도 있었습니다.
>
> 그런데 내 차례가 다가올수록 가슴이 두근두근 뛰고 손에 땀이 났습니다.
>
> "자, 그럼 수아의 장래 희망이 무엇인지 들어 볼까?"
>
> 내 이름을 부르는 선생님의 목소리가 들렸습니다. 나는 자리에서 일어났습니다. 아이들이 모두 나를 쳐다보는 것이 느껴졌습니다.
>
> "내 꿈은……. 그러니까 장래 희망은…… 소방관…… 이오."
>
> 나는 더듬더듬 떨면서 말을 하고, 얼른 자리에 앉았습니다.
>
> 내 뒤를 이어서 아이들이 계속 자리에서 일어나 자신의 꿈을 이야기하였습니다. 하지만 내 귀에는 친구들의 말이 들어오지 않았습니다.
>
> 자리에서 일어나 말을 하는 것뿐인데, 내가 왜 그렇게 떨었을까 하는 생각만 들었습니다.

① 채은: 나는 발표를 잘해서 칭찬을 많이 받아. 수아도 나처럼 발표를 잘했으면 좋겠어.

② 하린: 새 학년이 돼서 자기소개를 하는데, 떨려서 말을 더듬어 무척 속상했어. 수아도 속상했을 거야.

③ 지후: 우리 모둠이 역할극을 하는데, 짝꿍이 너무 떨린다면서 울었어. 나는 역할극을 망쳐서 화가 났어.

④ 시우: 할아버지 칠순 잔치에서 노래할 때 너무 떨렸어. 그런데 엄마가 손을 꼭 잡아 주어서 편하게 노래할 수 있었어.

⑤ 도윤: 나도 달리기를 하려고 출발선에 섰을 때, 가슴이 두근거리고 손에 땀이 났어. 그런데 끝내고 나서는 속이 후련했지.

지문 ★ ☆ ☆

낱말 ★ ★ ☆

●글의 종류 생활문

●글의 특징 모처럼 멋지게 그림을 동생이 그림을 망쳐서 속상하고 어린 동생을 이해하라는 엄마의 말에 서운했던 경험을 쓴 글입니다.

●낱말 풀이
꿀밤 주먹 끝으로 가볍게 머리를 때리는 것.
와락 어떤 감정이나 생각이 갑자기 솟구치거나 떠오르는 모양.

집에서 그림을 그리고 있을 때였습니다. 나는 그림을 잘 못 그리는데, 오늘따라 그림이 아주 멋지게 그려졌습니다.

나는 ㉠부엌에서 맛있는 음식을 만들고 계신 엄마를 향해 외쳤습니다.

㉡"엄마, 이리 와서 내 그림 좀 보세요."

그런데 엄마가 아니라, 동생 지우가 뽀르르 달려왔습니다.

"나도 그릴래."

지우는 내 그림에 색칠을 하려고 하였습니다.

"저리 가!"

내가 막았지만, 지우는 그림에 죽 선을 그어 버렸습니다.

㉢"야! 이게 뭐야!"

나는 너무 화가 나서 지우에게 꿀밤을 먹였습니다. 지우는 입을 삐죽거리더니 와락 울음을 터뜨렸습니다. 그러자 엄마가 달려와서 말씀하셨습니다.

"지희야, 지우는 아직 어려서 아무것도 모르는데, 네가 이해해 줘야지. 때리면 어떡하니?"

"이렇게 잘 그리긴 어렵단 말이야. 그런데 지우가 그림을 망쳤잖아."

난 그림에 낙서처럼 긴 줄이 그어져 버린 것도 속상하고, 엄마가 지우 편을 드는 것도 속상하였습니다.

1

어휘

㉠의 빈칸에 들어갈 받침을 쓰세요.

·부어☐

2

이해

㉡에서 글쓴이가 엄마를 부른 까닭으로 알맞은 것의 기호를 쓰세요.

㉮ 동생 지우가 그림을 망쳐서
㉯ 멋지게 그린 그림을 엄마께 보여 드리고 싶어서
㉰ 그림이 이상해서 엄마께 왜 그런지 여쭈어보려고

(   )

4주 3일
학습 끝!

붙임 딱지 붙여요.

3

추론

㉢에 어울리는 목소리는 무엇입니까? (   )

① 반갑고 신난 목소리
② 놀라고 화난 목소리
③ 두려움에 떨리는 목소리
④ 호기심에 가득 찬 목소리
⑤ 다급하게 부탁하는 목소리

4

문제해결

이 글에서 지희와 비슷한 경험을 한 친구에 ○표 하세요.

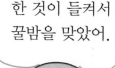

(1) 내가 그림을 잘 못 그려서 동생이 도와주었어.

(2) 엄마께 거짓말 한 것이 들켜서 꿀밤을 맞았어.

(3) 동생이 숙제를 망쳐서 화를 냈는데, 엄마가 형이니까 참으라고 하셨어.

겪은 일에 대한 생각이나 느낌 표현하기

4주

★ 다음과 같은 일을 겪었다면 어떤 생각이나 느낌이 들었을까요? 어울리는 생각에 색칠해 보세요.

학교 가는 길에 넘어졌는데, 친구가 달려와 일으켜 주었습니다.

동생과 싸웠는데, 엄마가 나만 야단쳤습니다.

친구들과 놀이터에서 잡기 놀이를 하는데, 형이 친구와 축구공을 들고 나타났습니다. 형은 우리에게 다른 곳에 가서 놀라고 하였습니다.

지난주에 꽃씨를 심었는데, 뾰족하게 새싹이 돋았습니다.

주제 탐구

글을 읽으면서 인물이 어떤 일을 겪는지, 그때 어떤 생각과 느낌인지 파악해 봅니다. 또 나라면 그런 일을 겪었을 때 어떤 생각이나 느낌이 들었을지 생각해 봅니다. 그러고 나서 생각과 느낌을 표정이나 말, 글 등으로 표현해 봅니다.

1

겪은 일에 대한 생각이나 느낌을 나타낸 문장 파악하기

겪은 일을 나타낸 문장과 생각이나 느낌을 나타낸 문장을 구별합니다.

방충망 해로운 벌레들이 날아들지 못하게 창문 같은 곳에 치는 망.

1 ㉠~㉤ 중 글쓴이의 생각이나 느낌을 나타낸 문장의 기호를 모두 쓰세요. (   )

> ㉠아침부터 "맴맴" 매미 소리가 들렸습니다. ㉡나는 매미 소리가 너무 시끄럽다고 생각했습니다. 그런데 갑자기 창문에서 엄청나게 요란한 매미 소리가 들렸습니다. 나는 깜짝 놀라서 창문으로 달려가 보았습니다. ㉢매미 한 마리가 방충망에 붙어 있었습니다. 매미는 아주 큰 소리로 울었는데, 그때마다 배가 움직였습니다. ㉣매미를 그렇게 가까이에서 본 것은 처음이라 무척 신기했습니다. 잠시 뒤, 매미는 "맴!" 소리를 내고 날아가 버렸습니다. ㉤매미를 좀 더 보고 싶었는데 아쉬웠습니다.

2

글쓴이의 생각이나 느낌을 표정으로 나타내기

겪은 일에 대한 생각이나 느낌에 어울리는 표정을 찾는 문제입니다.

지루하였습니다 시간이 오래 걸리거나 같은 상태가 오래 계속되어 싫증이 났습니다.

2 ㉠~㉢을 나타낸 표정으로 알맞은 것끼리 선으로 이으세요.

> 아빠가 가족 모두 놀이공원에 가자고 하셨습니다. ㉠주말이면 집에만 계시던 아빠의 제안에 나는 깜짝 놀랐습니다. 그리고 나는 놀이 기구를 탈 생각에 신이 났습니다. 놀이공원에 가니 사람이 엄청 많았습니다. 그래서 놀이 기구를 한 번 타려면 줄을 서서 오래 기다려야 했습니다. ㉡나는 오래 서 있으니 다리도 아프고, 기다리는 것이 지루하였습니다. 하지만 ㉢놀이 기구를 타자 재미있어서 웃음이 절로 나왔습니다.

(1) ㉠	(2) ㉡	(3) ㉢
①	②	③

3 ㉠과 ㉡에 들어갈 생각이나 느낌으로 알맞은 것에 ○표 하세요.

유형 **3** 겪은 일에 대한 생각이나 느낌 표현하기

글쓴이가 겪은 일에 대한 생각이나 느낌을 표현하는 문제입니다.

망설였습니다 이리저리 생각만 하고 태도를 결정하지 못하였습니다.

"내일은 어버이날이에요. 부모님께 감사하는 마음을 담아서 카네이션을 만들어 보아요."

선생님께서 말씀하셨습니다.

나는 색종이로 카네이션을 만들기 시작했습니다. 아주 멋지게 잘 만들고 싶었습니다. 하지만 꽃잎이 비뚤어지고, 가운데 붙인 색종이가 자꾸 떨어졌습니다. 카네이션이 뜻대로 잘 만들어지지 않아서, [㉠].

다음 날 아침, 나는 카네이션을 엄마 아빠께 드릴까 말까 망설였습니다. 그냥 버릴까 하는 생각도 하였습니다. 하지만 버리기에는 아까워서 용기를 내어 엄마 아빠께 카네이션을 드렸습니다.

"어머! 카네이션을 받다니, 엄마는 감동했어."

"우아! 잘 만들었네."

엄마 아빠는 기뻐하시며 카네이션을 가슴에 달고 출근하셨습니다. 엄마 아빠가 좋아하시는 모습을 보니, [㉡].

(1) ㉠: (쓸쓸하였습니다 / 속상하였습니다 / 불쌍하였습니다)

(2) ㉡: (두려웠습니다 / 뿌듯하였습니다 / 실망스러웠습니다)

●글의 종류 생활문

●글의 특징 이 글은 밤에 부모님과 벚꽃 구경을 간 일을 쓴 생활문으로, 바람에 떨어지는 벚꽃을 볼 때의 생각과 느낌이 잘 나타나 있습니다.

●낱말 풀이
북적북적하였습니다 많은 사람이 한곳에 모여 수선스럽게 잇따라 들끓었습니다.

지문 ★ ★ ☆

낱말 ★ ☆ ☆

저녁을 먹은 뒤, 엄마와 아빠가 꽃구경을 가자고 하셨습니다.
"깜깜한데 꽃을 보러 가자고요?"
나는 이상하다고 생각하였습니다.
㉠엄마와 아빠는 나를 집 근처에 있는 호수로 데리고 가셨습니다.
호숫가에 죽 늘어선 벚나무에 벚꽃이 활짝 피어 있었습니다. ㉡벚꽃은 연한 분홍색과 하얀색이라서 밤에도 아주 잘 보였습니다.
그래서인지 밤인데도 벚꽃을 구경하는 사람들로 호숫가가 북적북적하였습니다. 사람들은 사진을 찍기도 하고, 벚꽃을 오랫동안 쳐다보기도 하면서 꽃구경을 즐기고 있었습니다.
㉢나도 엄마 아빠와 벚꽃 아래를 천천히 걸었습니다. 그때 시원한 바람이 불어왔습니다. 그러자 하얀 벚꽃 잎이 바람에 날려 떨어졌습니다. ㉣꽃잎 비가 내리는 것도 같고, 눈이 내리는 것도 같았습니다. ㉤깜깜한 밤에 떨어지는 꽃잎을 맞고 있으니까 마치 기분 좋은 꿈을 꾸고 있는 느낌이었습니다.

1 ㉠~㉤ 중 생각이나 느낌이 드러난 문장을 두 가지 고르세요.

이해

(   )

① ㉠   ② ㉡   ③ ㉢   ④ ㉣   ⑤ ㉤

4주 4일
학습 끝!

붙임 딱지 붙여요.

2 이 글의 내용으로 알맞지 <u>않은</u> 것은 무엇입니까? (   )

이해

① 호숫가에 사람이 많았다.

② 밤이라 벚꽃이 잘 보이지 않았다.

③ '나'는 엄마 아빠와 꽃구경을 갔다.

④ 사람들이 벚꽃을 구경하며 사진을 찍었다.

⑤ 호숫가에 죽 늘어선 벚나무에 벚꽃이 활짝 피어 있었다.

3 다음 문장에 띄어 읽기 표시(∨, ∨∨)를 하고 바르게 띄어 읽어 보세요.

어휘

저녁을 먹은 뒤, ☐ 엄마와 아빠가 꽃구경을 가자고 하셨습니다. ☐

4 이 글에 나타난 '나'의 느낌을 표정으로 나타낼 때, 어울리지 <u>않는</u> 표정에 ○표 하세요.

추론

(1)

(2)
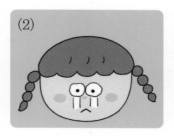

(3)
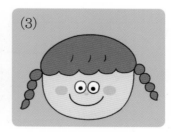

20

겪은 일을 쓴 글의 제목 정하기

★ 다음 겪은 일을 쓴 글을 읽고, 어울리는 제목이 쓰인 꽃잎에 <u>모두</u> 색칠해 보세요.

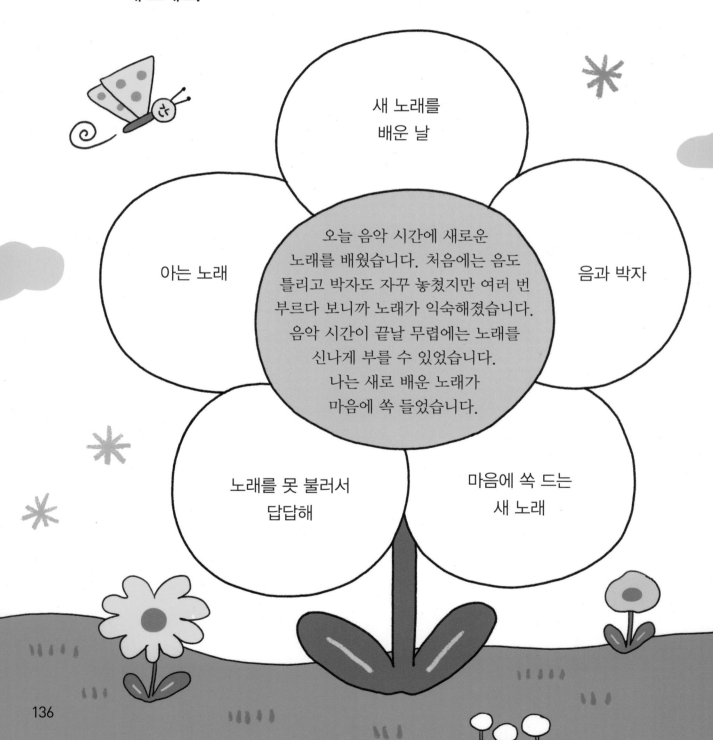

새 노래를
배운 날

아는 노래

오늘 음악 시간에 새로운
노래를 배웠습니다. 처음에는 음도
틀리고 박자도 자꾸 놓쳤지만 여러 번
부르다 보니까 노래가 익숙해졌습니다.
음악 시간이 끝날 무렵에는 노래를
신나게 부를 수 있었습니다.
나는 새로 배운 노래가
마음에 쏙 들었습니다.

음과 박자

노래를 못 불러서
답답해

마음에 쏙 드는
새 노래

136

진희와 싸워서
속상해

내 친구
진희

눈물

오늘 나는 친구 진희와 싸웠습니다.
나는 화가 나서 소리쳤습니다.
"이제 너랑 다시는 안 놀 거야!"
그 말을 듣고 진희가 울면서 집으로
갔습니다. 나도 속상한 마음으로
집으로 돌아왔습니다.
그런 말을 하지 말걸 하는
후회가 들었습니다.

진희와
싸운 날

내가 한 말을
후회해

주제 탐구

　겪은 일을 쓴 글의 제목을 정할 때에는 겪은 일과 느낌이 잘 드러나게 제목을 붙여 봅니다. 가장 하고 싶은 말이 무엇인지 생각하여 제목으로 붙일 수도 있습니다. 또, 겪은 일에서 가장 중요한 사람이나 물건을 제목으로 정할 수도 있습니다.

유형 1 겪은 일이 드러나는 제목 찾기

글쓴이가 겪은 일이 무엇인지 알아보고, 그 일을 나타내는 제목을 찾는 문제입니다.

1 빈칸에 들어갈 '겪은 일'이 드러나는 제목으로 알맞은 것에 ○표 하세요.

20○○년 ○○월 ○○일	날씨: 구름 많음.

제목: [   ]

　오늘 엄마가 독감 예방 주사를 맞으러 가자고 하셨다. 나는 펄쩍 뛰며 싫다고 하였다.
　"주사 안 맞을래. 난 독감에 안 걸릴 자신이 있다고."
　하지만 엄마는 자신감과 독감은 상관이 없다며 나를 병원으로 데리고 가셨다. 주사를 맞는데 아파서 눈물이 찔끔 났다.

(1) 독감 예방 주사는 싫어!　　　　　　　　　(　)
(2) 독감 예방 주사 맞은 날　　　　　　　　　(　)
(3) 독감에 안 걸릴 자신 있어요　　　　　　　(　)

유형 2 겪은 일에 대한 느낌이 드러난 제목 찾기

글쓴이가 겪은 일에 대한 느낌이 어떠한지 알아보고 그 느낌을 나타내는 제목을 찾는 문제입니다.

어이없다는 일이 너무 뜻밖이어서 기가 막히는 듯하다는.

2 겪은 일에 대한 '느낌'이 드러나게 제목을 지은 친구에 ○표 하세요.

　갑자기 하늘이 어둑어둑해지면서 거센 비바람이 몰아쳤습니다. 그러자 옆에 앉은 은수가 무섭다고 하였습니다.
　"뭐가 무섭냐? 난 하나도 안 무서워."
　그때 "우르르 쾅쾅!" 하고 천둥이 쳤습니다. 나는 놀라서 "으악!" 비명을 질렀습니다. 은수는 어이없다는 얼굴로 나를 바라보았습니다. 나는 창피해서 얼굴이 새빨개졌습니다.

(1) '용감한 나'라는 제목이 좋겠다.

(2) 제목으로 '천둥 치는 날'이 좋겠어.

(3) '은수에게 창피해'라는 제목이 어울리겠어.

3 이 글의 '겪은 일과 느낌'이 드러나는 제목으로 알맞은 것은 무엇입니까? (   )

국어

유형 3 겪은 일과 느낌이 드러나게 제목 짓기

글쓴이가 어떤 일을 겪었는지, 그때 느낌은 어땠는지 파악하여 그 일과 느낌이 드러난 제목을 찾는 문제입니다.

엄마가 훌라후프를 사 오셨습니다.

"엄마, 훌라후프를 왜 사 오셨어요?"

"훌라후프 돌리기 운동으로 살을 빼려고 사 왔지."

엄마는 음악을 트시더니, 노래 한 곡이 끝날 때까지 신나게 훌라후프를 돌리셨습니다. 나는 훌라후프 돌리기가 무척 재미있어 보였습니다.

"저도 해 볼래요."

그런데 훌라후프 돌리기가 생각처럼 잘 되지 않았습니다. 훌라후프는 겨우 허리에서 한 바퀴를 돌더니 바닥으로 떨어져 버렸습니다.

"먼저 훌라후프를 등에 붙이고, 옆을 잡은 다음에 돌려 봐. 그리고 훌라후프를 돌린 방향으로 허리도 돌려야 해."

나는 엄마가 알려 주신 대로 했지만, 엄마처럼 잘할 수 없었습니다. 한참 연습한 끝에 겨우 허리에서 세 번을 돌리는 데 성공하였습니다.

"어휴! 어렵다."

"처음에는 어렵지만, 연습하다 보면 잘 할 수 있을 거야."

그래서 나는 훌라후프 돌리기를 꾸준히 연습하기로 마음먹었습니다.

① 훌라후프

② 엄마와 훌라후프

③ 훌라후프를 돌리는 방법

④ 훌라후프 돌리기는 어려워

⑤ 훌라후프 돌리기로 살을 빼자

●글의 종류 생활문

●글의 특징 이 글은 형이 치킨을 모두 먹어 버리고 시치미를 뗐던 경험을 쓴 생활문으로, 능청스러운 형의 태도에 대한 글쓴이의 느낌이 잘 나타나 있습니다.

●낱말 풀이
볼일 해야 할 일.
그제야 앞에서 이미 이야기한 바로 그때에 이르러서야 비로소.

지문 ★☆☆
낱말 ★★☆

ㅡㅡㅡ ㉠ ㅡㅡㅡ

학원에 갔다가 집으로 돌아왔는데, 엄마가 ㉡안 계셨습니다. 형에게 물어보니 볼일을 보러 나가셨다고 하였습니다.

그때 식탁 위에 놓인 치킨 상자가 눈에 띄었습니다.

㉢"오! 치킨. 맛있겠다."

나는 얼른 치킨 상자의 뚜껑을 열었습니다.

㉣"어? 빈 상자잖아. 형, 치킨 없어?"

"없어. 다 어디로 갔네."

나는 실망하였습니다. 그런데 얼마 뒤, 엄마가 집에 오셔서 말씀하셨습니다.

"배고플까 봐 치킨 사 놓고 갔는데, 맛있게 먹었니?"

그제야 나는 형이 치킨을 혼자 다 먹어 버렸다는 것을 알았습니다.

㉤"형! 어떻게 치킨을 혼자 다 먹을 수가 있어? 그래 놓고 왜 치킨이 어디로 갔다고 거짓말을 한 거야?"

나는 화가 나서 형에게 따졌습니다. 그러자 형이 웃으며 말하였습니다.

"먹다 보니까 그렇게 됐어. 그리고 어디로 갔다는 게 거짓말은 아니야. 내 배 속으로 갔으니까. 히히."

'어휴, 우리 형은 정말 얄미운 욕심쟁이다.'

1 이 글의 내용으로 알맞은 것은 무엇입니까? (   )

이해

① 형이 볼일을 보러 나갔다.
② 나는 치킨을 맛있게 먹었다.
③ 형이 치킨을 혼자 다 먹었다.
④ 형은 치킨이 어디로 갔는지 몰랐다.
⑤ 엄마가 집으로 돌아오실 때 치킨을 사 오셨다.

4주 5일
학습 끝!

붙임 딱지 붙여요.

2 ㉠에 들어갈 이 글의 제목으로 알맞은 것은 무엇입니까? (   )

이해

① 빈 상자   ② 치킨은 맛있어
③ 치킨은 내 거야   ④ 욕심쟁이 우리 형
⑤ 엄마가 안 계실 때

3 ㉡의 빈칸에 들어갈 알맞은 모음자를 쓰세요.

어휘

• 안 ㄱ[ ]셨습니다

4 ㉢～㉤에 어울리는 목소리를 선으로 이으세요.

추론

(1) ㉢ •		• ① 화난 목소리
(2) ㉣ •		• ② 실망한 목소리
(3) ㉤ •		• ③ 반갑고 기대에 찬 목소리

141

소리 내어 읽기

글을 입으로 소리 내어 읽는 것을 '음독'이라고 해요. 글을 소리 내어 읽으면 눈과 입, 귀 등 여러 가지 감각을 사용하기 때문에 내용을 쉽게 이해할 수 있고, 오래 기억할 수 있어요. 그리고 글자를 빠뜨리고 읽거나 문장을 건너뛰는 잘못된 독서 습관을 바로잡을 수 있어요.

소리 내어 읽기를 잘하려면 정확한 발음으로 또박또박 읽어야 해요. 그리고 알맞은 빠르기와 목소리로 읽어야 하지요. 시와 같은 리듬감이 있는 경우에는 운율과 느낌을 살려 읽어야 하고, 이야기의 대화 글은 등장인물의 특성을 살려 실감나게 읽어야 한답니다.

1 이야기와 시를 소리 내어 읽는 방법을 알아볼까요? 친구들의 말에서 알맞은 읽기 방법을 골라 ○표 하세요.

(1) 이야기 읽기

> 숲속 작은집 창가에 작은 아이가 있었어요.
> 그때 토끼 한 마리가 뛰어와서 문을 두드렸어요.
> ㉠"날 좀 살려 주세요! 날 좀 살려 주세요! 날 살려 주지 않으면 포수가 빵 쏠 거예요!"
> 아이가 손짓하며 말했어요.
> "작은 토끼야, 이리 들어와서 숨어도 돼."

• ㉠은 (다급하고 / 느긋하고), (편안한 / 불안한) 목소리로 읽어야 해!

(2) 동시 읽기

> 둥둥 엄마 오리 / 연못 위에 둥둥 / 동동 아기 오리 / 엄마 따라 동동

• 밑줄 친 '둥둥'은 큰 오리가 연못에 묵직하게 뜬 장면을 떠올리며 (길고 / 짧고), (높은 / 낮은) 목소리로 읽어야 해. 또 '동동'은 작은 오리가 연못에 살짝 떠 있는 장면을 떠올리며 (길고 / 짧고), (높은 / 낮은) 목소리로 구분하여 읽어야 해.

이번 주 나의 독해력은?	이번 주 학습을 모두 끝마쳤나요?	☺	☺	☹
	인물의 행동에 대한 자신의 생각을 표현할 수 있나요?	☺	☺	☹
	겪은 일에 대한 생각이나 느낌을 표현할 수 있나요?	☺	☺	☹

세 마리 토끼 잡는

초등 **독해력**

정답 및 풀이

쪽수를 잘 보고 정확한 정답과
자세한 풀이를 만나 보세요.

1주 12~13쪽 개념 톡톡

★ 여러 가지 책의 책 제목과 표지 그림을 살펴보고 어떤 책인지 짐작하여 봅니다. 그 책을 읽은 친구들이 소개한 내용도 살펴보고, 자신이 읽고 싶은 책을 골라 봅니다.

1주 14~15쪽 독해력 활짝

1. (1) × (2) ○ (3) ○ **2.** (3) ○ **3.** ㉰

1. 꽃 속에 엄지손가락만 한 여자아이가 앉아 있었다고 했습니다.
2. 지구에 처음 나타난 사람들은 허리가 구부정하고 농사를 지을 줄 몰랐습니다.
3. 글쓴이는 어린 호랑나비 애벌레를 설명한 장면을 재미있게 읽었다며, 어린 호랑나비 애벌레가 새똥처럼 생겼다고 했습니다.

1주 16~17쪽 독해력 쑥쑥

1. (1) ○ **2.** ④ **3.** ㉮ **4.** (2) ○

1. 이 글은 『붕붕 벌새』라는 책을 읽고 쓴 독서 감상문입니다.
2. 글에서 벌새는 벌과 닮은 점이 많아서 이름이 벌새라고 했습니다.
3. 벌이 날 때 붕붕 날갯짓 소리가 난다고 했습니다.
4. 글쓴이는 책에서 벌새가 나는 방법을 설명한 부분이 가장 재미있었다고 했습니다. 벌새는 새의 한 종류이며, 꽃의 꿀을 빨아먹는 것을 좋아한다는 것은 책의 내용이며 도서관에서 붕붕 벌새라는 책을 빌려 봤다는 것은 자신이 읽은 책을 소개한 부분입니다.

1주 18~19쪽 개념 톡톡

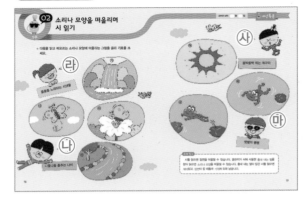

★ 소리나 모양을 흉내 내는 말이 주는 느낌을 생각해 보고 떠오르는 장면을 떠올려 봅니다.

1주 20~21쪽 독해력 활짝

1. 첨벙첨벙, 파닥파닥, 꽥꽥, 뒤뚱뒤뚱 중 두 개
2. (1) ② (2) ① **3.** ㉰

1. 이 시에서 소리나 모양을 흉내 내는 말은 '첨벙첨벙', '파닥파닥', '꽥꽥', '뒤뚱뒤뚱'입니다. 이 가운데 두 개 이상 쓴 것을 정답으로 합니다.
2. '방울방울'은 '꽃잎에 이슬이 맺힌 모양'을 흉내 내는 말이고, '주룩주룩'은 '소낙비가 내리는 소리 또는 그 모양'을 흉내 내는 말입니다.
3. 이 시는 비 오는 날, 아이 셋이 파란 우산, 검정 우산, 찢어진 우산을 쓰고 골목을 나란히 걸어가는 모습을 노래하고 있습니다.

1주 22~23쪽 독해력 쑥쑥

1. ④ **2.** 갉작갉작 **3.** ㉮, ㉰ **4.** (1) ○

1. 이 시의 글감은 '다람쥐'입니다.
2. 2연에서 '앞니로 갉작갉작 밤톨도 갉아 먹고'라고 했습니다. '갉작갉작'은 날카롭고 뾰족한 끝으로 자꾸 바닥이나 거죽을 문지르는 모양을 뜻하는 흉내 내는 말입니다.
3. '귀여운 다람쥐야!'라는 말에서 말하는 이가 다람쥐를 여워한다는 것을 알 수 있습니다. '황금 꼬리'라는 표현에서 다람쥐 꼬리의 색깔을 황금빛으로 생각한다는 것도 알 수 있습니다.
4. 시에 공이 굴러간다는 말은 나오지 않습니다.

★ 이야기의 장면을 읽고 인물의 말과 행동, 상황을 짐작
해 봅니다. 장면에 어울리는 소리나 모양을 흉내 내는
말과 그림을 찾아봅니다.

1주 26~27쪽 독해력 활짝

1. (1) 훌쩍훌쩍 (2) 콕콕 2. (1) ○ (2) ○ 3. ㉣

1. 울고 있는 모습이나 소리를 흉내 내는 말은 '훌쩍훌쩍'
이고, 참새가 부리로 곡식을 쪼는 모습을 흉내 내는
말은 '콕콕'입니다.
2. 폭풍우로 왕자님이 위험한 상황이므로 웃음소리는 어
울리지 않습니다.
3. 해질 무렵, 이리의 그림자가 땅 위로 길게 드리웠다고
했습니다. 그림 ㉮에서는 이리의 그림자가 크지 않아
알맞지 않습니다. 이 글에서는 그림 ㉯처럼 이리가 호
수에 자신의 모습을 비추어 보지 않았습니다. 이리는
사자 앞에서 큰소리를 쳤는데 그림 ㉱에서는 사자가
큰소리를 쳤습니다.

1주 28~29쪽 독해력 쑥쑥

1. ⑤ 2. (1) ○ 3. 무서운∨괴물의∨집에서∨도망쳤
어요. 4. (1) 드르렁드르렁 (2) 살금살금

1. 글에서 엄지 동자가 요술 장화를 신고 걸음을 내딛자,
몸이 깃털처럼 가볍게 떠올랐다고 했습니다.
2. 바위에 드러누운 것은 괴물입니다. 엄지 동자와 형들
은 바위 뒤에 몸을 숨겼다고 했습니다.
4. 코를 고는 소리를 흉내 내는 말은 '드르렁드르렁'이고,
엄지 동자가 잠든 괴물에게 다가가는 모습에 어울리
는 흉내 내는 말은 '살금살금'입니다.

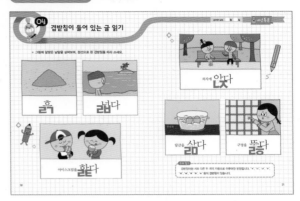

★ 그림에 어울리는 낱말에 들어갈 겹받침을 정확하게
써 봅니다.

1주 32~33쪽 독해력 활짝

1. 짊, 갉 2. ㄹ, ㅂ 3. (1) ㄺ (2) ㄶ

1. 겹받침은 서로 다른 두 개의 자음으로 이루어진 받침
입니다. 파란색으로 쓰인 문장에서는 '짊', '갉'의 글자
에 겹받침이 있습니다.
2. '짧' 자에 있는 겹받침 'ㄼ'은 'ㄹ'과 'ㅂ'으로 이루어졌
습니다.
3. ㉠에 들어갈 글자는 '굵' 자이고, ㉡에 들어갈 글자는
'많' 자입니다.

1주 34~35쪽 독해력 쑥쑥

1. ② 2. (1) ② (2) ① 3. ④ 4. ㄹ, ㅂ

1. 아빠가 장대로 감을 땄다고 했습니다. '나'는 할머니가
계신 시골집으로 놀러 갔는데 감나무에 감이 주렁주
렁 달려 있었습니다.
2. 가을날 시골집에서 있었던 일을 쓴 글입니다.
3. ㉠ 앞에 '파란 하늘에 구름 한 점 없었습니다.'라는 문
장에서 맑은 가을날이라는 것을 짐작할 수 있습니다.
따라서 ㉠에 들어갈 '맑'에 쓰인 겹받침 'ㄺ'을 답으로
고르면 됩니다.
4. '떫어'와 '얇게'에는 겹받침 'ㄼ'이 쓰였습니다. 'ㄼ'은
자음자 'ㄹ'과 'ㅂ'으로 이루어졌습니다.

★ 인물이 마음속으로 한 말인지, 인물이 소리 내어 한 말인지 생각하며 작은따옴표와 큰따옴표를 구별하여 써 봅니다.

1. (2) ○ (4) ○   2. (1) ○   3. (1) ② (2) ①

1. ▦ 안에 쓰인 문장 부호는 '작은따옴표'로, 인물이 마음속으로 한 말을 적을 때 사용합니다.
2. ▦ 안에 쓰인 문장 부호는 '큰따옴표'로 인물이 소리 내어 한 말을 적을 때 사용합니다. 할머니는 열한 명의 왕자를 못 보았다고 대답하였습니다.
3. ㉠은 구두쇠 영감이 소리 내어 한 말이므로 빈칸에 큰따옴표를 써야 합니다. ㉡은 구두쇠 영감이 마음속으로 한 말이므로 빈칸에 작은따옴표를 씁니다.

1. 농부, 독수리   2. ④   3. " "   4. 현우

1. '인물'은 이야기에 등장하여 어떤 일을 벌이거나 겪는 사람입니다. 동물이나 식물, 사물도 인물이 될 수 있습니다.
2. 그물에 걸린 독수리를 구해 주었는데, 그 독수리가 모자를 낚아채서 먼 곳에 떨어뜨렸다면 어떤 마음일지 생각해 봅니다.
3. 농부가 소리치며 독수리를 쫓아갔다고 했습니다. 따라서 빈칸에 들어갈 문장 부호는 큰따옴표(" ")입니다.
4. ㉡은 농부가 마음속으로 한 말이어서 작은따옴표가 쓰였습니다.

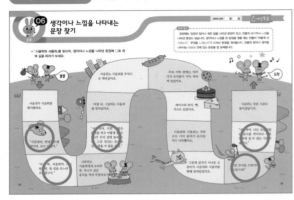

★ 생각이나 느낌을 나타낸 문장과 있었던 일을 나타내는 문장을 구별하며 길을 찾아가 봅니다.

1. ㉢   2. (1) ○ (2) × (3) ○   3. (1) ② (2) ③ (3) ①

1. ㉢은 '나'가 한 일을 쓴 문장으로, 생각이나 느낌은 들어 있지 않습니다.
2. ㉠과 ㉡은 이야기에서 일어난 일을 나타내는 문장이고, ㉢은 나무꾼의 생각이나 느낌을 나타내는 문장입니다.
3. ㉡은 엄마 염소가 '문을 꼭 잠그고, 누가 와도 절대 열어 주지 말'라고 한 말의 대답입니다. ㉢에는 아기 염소를 잡아먹고 싶은 늑대의 마음이 나타나 있습니다.

1. (1) × (2) × (3) ○ (4) ○   2. ①, ④   3. ㅎ   4. (1) ○

1. (1) 구렁이가 새끼 제비를 잡아먹었다는 내용은 나오지 않습니다. (2) 제비가 흥부네 집 처마 밑에 둥지를 틀었다고 했습니다.
2. ②, ③. ⑤는 이야기에서 일어난 일을 나타내는 문장입니다. ①에는 쌀밥을 먹을 수 있어서 기쁜 마음이 나타나 있고, ④에는 새끼 제비를 걱정하는 마음이 나타나 있습니다.
3. '알을 낳고'에서 '낳'의 받침으로 쓰인 자음자를 고릅니다.
4. "얼마나 아플꼬."는 '무척 아프겠구나.'라는 뜻으로, 새끼 제비를 걱정하는 흥부의 마음이 담긴 말입니다.

★ 인물이 어떤 상황에서 어떤 마음으로 말을 하는지 살펴보며 장면에 어울리는 목소리를 찾아봅니다.

2주 52~53쪽 독해력 활짝

1. 해설 참조 2. (1) ㉮ (2) ㉯ 3. (2) ◯ (4) ◯

1. 큰따옴표 안에 있는 인물의 말은 빨간색 밑줄로, 있었던 일은 파란색 밑줄로 표시합니다.
"할머니 댁에 가는 길이야. 할머니가 아프시거든."
빨간 모자가 대답했지요.
"오호! 그렇구나. 할머니 집은 어디니?"
"숲길을 따라가면 나오는 통나무집이야."
2. 인물의 상황과 인물이 한 말에 어울리는 목소리를 골라 봅니다.
3. ㉠은 숲에서 길을 잃은 상황에서 한 말이고, ㉡은 몹시 배가 고픈 상황에서 과자로 만든 집을 보았을 때 한 말입니다.

2주 54~55쪽 독해력 쑥쑥

1. ② 2. 깡충깡충 3. ⑤ 4. (3) ◯

1. 이야기에서 암소는 젖을 짤 시간이라 토끼를 도와줄 수 없다고 했습니다.
2. '짧은 다리를 모으고 자꾸 힘 있게 솟구쳐 뛰는 모양'을 나타내는 '깡충깡충'이 알맞습니다.
3. ㉡은 사냥개가 쫓아올 때 토끼가 말에게 도움을 청하는 말입니다.
4. 토끼는 제힘으로 도망갈 생각은 하지 않다가 시간을 낭비한 뒤에야 투덜대며 도망치기 시작합니다.

★ 설명하는 글에서 말한 동물의 특징을 가진 동물을 찾아 ◯표 합니다.

2주 58~59쪽 독해력 활짝

1. ④ 2. (2) ◯ 3. ㉯, ㉰

1. 이 글은 가로등을 설명한 글입니다. 글의 제목과 내용을 통해서 설명하는 대상을 파악할 수 있습니다.
2. 닭이 흙이나 모래로 목욕하는 것을 설명한 글입니다. 닭이 흙을 파헤치는 것은 딱딱한 흙을 몸에 끼얹기 쉽게 만들기 위해서입니다.
3. 이 글은 민들레를 설명한 글입니다. 민들레꽃과 잎의 모양이 어떠한지, 민들레 꽃씨가 어떻게 날아가는지 떠올려 보고 알맞은 그림을 고릅니다.

2주 60~61쪽 독해력 쑥쑥

1. ② 2. ㉯ 3. 동물

1. 동물의 잠자는 모습을 설명한 글입니다. 그 가운데서도 조금 다른 모습으로 잠을 자는 기린과 박쥐, 해달을 자세히 소개했습니다.
2. 기린은 선 채로 잠을 잔다고 했습니다. 그림 ㉮의 곰은 바닥에 몸을 대고 엎드리거나 누워서 잡니다. 그림 ㉯의 박쥐는 거꾸로 매달려서 잠을 잡니다. 그림 ㉰의 해달은 물 위에 드러누워서 기다란 바다풀을 칭칭 감고 잠을 잡니다.
3. '개, 곰, 기린, 박쥐, 해달, 고양이, 호랑이'와 같은 낱말을 모두 포함하는 말은 '동물'입니다.

2주 62~63쪽 개념 톡톡

★ 언제 어디에서 누구와 어떤 일이 있었는지, 무엇을 하였는지 바르게 말한 친구를 찾아봅니다.

2주 64~65쪽 독해력 활짝

1. (1) ◯ (3) ◯   2. 해설 참조   3. (1) 3 (2) 4 (3) 2 (4) 1

1. 엄마가 학교 갈 때 지우에게 우산을 가져가라고 했지만, 지우는 우산을 가져가지 않았습니다.
2. '기분이 좋았다. ~야겠다.'는 생각이나 느낌을 나타내는 표현입니다.
   <u>그래서 다시 찰흙을 주물럭주물럭해서 강아지를 만들었다가 토끼를 만들었다가 했다. 그러다 마지막으로 공룡을 만들었다. 공룡이 아주 멋지게 만들어져서 기분이 좋았다. 다음에는 찰흙으로 로봇을 만들어 봐야겠다.</u>
3. '~한 뒤에', '~하고 나서' 등의 말을 주의 깊게 보고 겪은 일의 차례를 정합니다.

2주 66~67쪽 독해력 쑥쑥

1. ①, ④   2. ㉡   3. (3) ◯   4. 〈예〉 인형 뽑기로 용돈을 모두 잃어서 속상하겠다. 네가 진우의 말을 들었더라면 그런 일은 없었을 거야. 다시는 인형 뽑기를 하지 마. 등

1. '나'는 용돈을 몽땅 인형 뽑기 기계에 넣었지만, 인형을 뽑지 못했습니다.
3. '나'는 인형 뽑기에 자신감을 가지고 있습니다.
4. 〈서술형〉 ❶ '나'가 한 일을 생각해 봅니다. ⇨ ❷ '나'의 행동을 생각하며 해 주고 싶은 말을 써 봅니다.

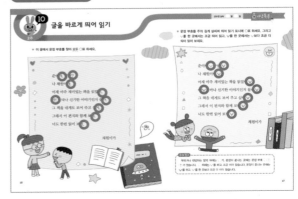

2주 68~69쪽 개념 톡톡

★ 문장에 쓰인 문장 부호를 찾아봅니다.

2주 70~71쪽 독해력 활짝

1. ①, ③   2. ①   3. 해설 참조

1. 문장이란 생각이나 감정을 표현할 때 완성된 내용을 나타내는 가장 작은 단위입니다.
3. 문장 속의 쉼표 뒤에는 ∨를 하고, 조금 쉬어 읽습니다. 문장의 끝에는 ∨를 하고 ∨를 한 곳보다 조금 더 쉬어 읽습니다.
   시냇물 속에서 살랑살랑 헤엄치던 물고기가 가만히 멈춰 있어요.∨살금살금 물고기의 뒤쪽으로 손을 넣어서 꼬리지느러미를 만져 볼까요?∨앗!∨그런데 물에 손을 넣자마자,∨물고기가 재빨리 달아나 버리네요?∨손이 닿지도 않았는데 물고기가 어떻게 알아챈 걸까요?∨

2주 72~73쪽 독해력 쑥쑥

1. 가을   2. 해설 참조   3. (1) ② (2) ①   4. ②

1. 낙엽이 물들고 다람쥐가 먹이를 모으는 가을입니다.
2. 문장 속의 쉼표(,) 뒤에는 ∨를 하고, 문장의 끝에는 ∨를 합니다.
   계절이란 일 년을 자연의 변화에 따라 구분한 거예요.∨우리나라에는 봄,∨여름,∨가을,∨겨울 네 계절이 있어요.∨계절마다 자연은 어떤 모습일까요?∨
4. '맴맴'은 매미 우는 소리, '펑펑'은 눈이 오는 모양이나 소리, '우수수'는 나뭇잎이 떨어지는 모양이나 소리, '파릇파릇'은 군데군데 파르스름한 모양을 흉내 내는 말입니다.

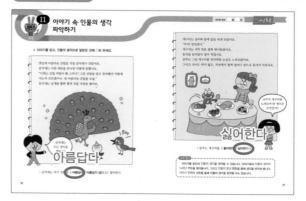

★ 공작새가 자신의 깃털을 자랑하는 말과 행동에서 자신의 깃털을 아름답다고 생각하고 있음을 알 수 있습니다. 공주가 개구리를 못마땅한 눈길로 노려보고, 식사도 하지 않고 방으로 들어간 행동에서 개구리를 싫어하고 있다는 것을 알 수 있습니다.

3주 80~81쪽 독해력 활짝

1. '이 많은 돈을 누가 훔쳐 가면 어쩌지?', '흐흐흐, 이렇게 하면 아무도 모를 거야.' 2. (3) ○ 3. (2) ○

1. 이 이야기에서는 작은따옴표 안에 구두쇠의 생각이 나타나 있습니다.
2. 도로시가 사자에게 한 말을 통해 도로시의 생각을 파악할 수 있습니다.
3. 고양이 목에 방울을 다는 것은 좋은 방법이지만, 방울을 달러 갔다가 고양이 밥이 될 수도 있습니다. 쥐들이 서로 눈치만 본 것도 이런 생각을 했기 때문이라고 짐작할 수 있습니다.

3주 82~83쪽 독해력 쑥쑥

1. ① 2. (1) ② (2) ③ (3) ① 3. (2) ○ 4. 은혜

1. ㉠은 나그네가 본 것으로 이야기의 내용을 설명한 부분입니다.
3. 토끼가 판결을 내리면서 한 말을 통해 토끼는 호랑이가 잘못했다고 생각하고 있음을 알 수 있습니다.
4. 글쓴이는 나그네와 호랑이를 재판하는 토끼를 통해 자신을 도와준 은혜를 잊어버리면 안 된다는 것을 말하고 있습니다.

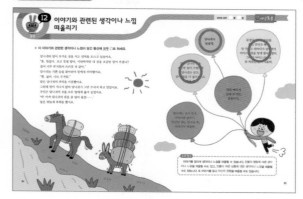

★ 당나귀의 부탁을 거절하여 더 많은 짐을 지게 된 말의 행동에 대한 생각이나 느낌, 그와 관련된 경험으로 어울리는 것을 찾습니다.

3주 86~87쪽 독해력 활짝

1. (2) ○ 2. (3) ○ 3. 예서

1. 강물을 마셔서 없앨 수는 없으므로 개들은 어리석다고 할 수 있습니다.
2. 선비와 똑같이 생긴 사람이 나타나, 자신이 진짜이고 선비는 가짜라고 했습니다. 이때 선비의 기분을 생각해 봅니다.
3. 준수는 받아쓰기 시험에서 40점을 받고 엄마에게 혼날 것이 걱정되어 집에 들어가기 싫었습니다. 또, 놀이터에서 신나게 놀지도 못했습니다. 이와 상관없는 경험을 말한 친구를 고릅니다.

3주 88~89쪽 독해력 쑥쑥

1. ⑤ 2. ②, ④ 3. (3) ○ 4. ㉣

1. 할아버지와 할머니는 거위 배 속에 황금 알이 가득 있다고 생각하여 그것을 몽땅 꺼내서 팔 생각으로 거위를 잡았습니다.
2. '마리'는 짐승이나 물고기, 벌레를 세는 단위입니다. 집과 이불을 세는 단위는 '채', 나무를 세는 단위는 '그루'입니다.
4. 할아버지와 할머니는 욕심을 부리다가 황금 알을 낳는 거위를 잃고 말았습니다. 이를 통해 이 이야기는 지나치게 욕심을 부려서는 안 된다는 교훈을 주고 있습니다.

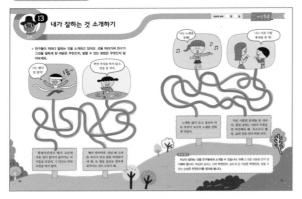

★ 먼저 각 인물이 잘하는 것을 파악하고 선을 따라가면 잘하게 된 까닭이나 잘할 수 있는 방법을 알 수 있습니다.

3주 92~93쪽　독해력 활짝

1. 춤　2. (1) ○　3. (1) ㈑ (2) ㈏

1. 첫 번째 문장에서 '나'는 춤을 잘 춘다고 하였습니다.
2. 글쓴이는 만화책에 나오는 그림을 똑같이 따라 그리고 식물과 동물, 사람, 물건의 모습을 자세히 살펴보았더니 만화 그리는 실력이 늘었다고 하였습니다.
3. ㈑에는 약속 시각에 늦지 않는 방법이 나타나 있고, ㈏에는 약속 시각에 늦은 친구를 기다린 경험이 나타나 있습니다.

3주 94~95쪽　독해력 쑥쑥

1. ⑤　2. ㈐　3. ㉮　4. (3) ○

1. ㈎에서 글쓴이는 언제 어디서든 재미있게 놀기를 잘한다고 하였습니다.
2. ㈎에서는 자신이 잘하는 것을 밝히고, ㈏에서는 잘하게 된 까닭을 소개하고, ㈐에서는 잘하는 방법을 소개하고 있습니다.
3. '오락가락하다'는 '계속해서 왔다 갔다 하다.'라는 뜻입니다.
4. 글쓴이는 재미있게 노는 방법은 상상력을 펼치는 것이라고 하며, 이야기 속 주인공이라고 상상할 수도 있다고 하였습니다. 「토끼와 거북」 역할극은 자신들이 토끼와 거북이가 되어 하는 극으로, 이 방법을 활용한 것입니다.

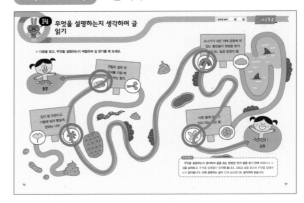

★ 주어진 글을 읽고, 둘 중 설명하는 대상을 찾아 길을 따라가며 도착점을 찾습니다.

3주 98~99쪽　독해력 활짝

1. 문지르기　2. (2) ○　3. ①, ②, ⑤

1. 제목이 '문지르기 방법으로 그림 그리기'이고, 그림에서는 문지르기 방법으로 나뭇잎을 그리고 있습니다.
2. 이 글은 책의 구성과 다양한 책의 크기와 두께, 여러 가지 책 모양 등 '책의 생김새'에 대해 자세히 설명하고 있습니다.
3. 주어진 글은 물놀이를 할 때 유의할 점을 설명하였습니다. 그러므로 수영장, 바다, 계곡에서 물놀이를 할 때 필요한 글입니다.

3주 100~101쪽　독해력 쑥쑥

1. ④　2. ②　3. ㄱ, ㄴ, ㄹ, ㅁ(가나다 순)　4. (2) ○

1. 이 글은 올바른 손 씻기 방법을 설명한 글입니다.
2. 이 글에서 손깍지를 끼고 손가락 사이사이를 씻어야 한다고 하였습니다.
3. '물건'의 '물' 자에는 자음자 'ㅁ'과 'ㄹ'이 쓰였고, '건' 자에는 자음자 'ㄱ'과 'ㄴ'이 쓰였습니다.
4. 물건을 만진 손에 묻은 병균이 눈을 비빌 때 몸속으로 들어가 질병을 일으킬 수 있어 손을 잘 씻어야 한다고 하였습니다. 그러므로 공놀이를 하다가 눈이 가려울 때에는 먼저 손을 씻은 다음 눈을 만져야 합니다.

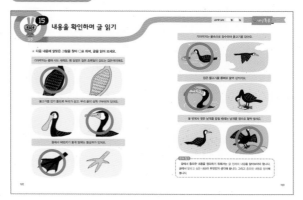

★ 먼저 주어진 글을 읽습니다. 그리고 글의 내용에 알맞은 그림을 찾아 ○표 합니다. 주어진 글을 읽으면 가마우지의 특징을 알 수 있습니다.

1. (2) ○ 2. (1) ○ (2) × (3) × (4) ○ 3. (1) 동물 (2) 식물 (3) 동물 (4) 식물

1. 교통수단의 뜻과 종류에 대해 설명하고 있습니다.
2. (2) 자유가 있다고 해서 제멋대로 행동해서는 안 된다고 하였습니다. (3) 다른 사람의 자유도 나의 자유처럼 소중하다고 하였습니다.
3. '동물'은 스스로 움직일 수 있지만, '식물'은 스스로 움직일 수 없습니다. '동물'은 다른 동물이나 식물을 먹어서 영양분을 얻고, '식물'은 스스로 필요한 영양분을 만들어 냅니다.

1. ⑤ 2. (1) ○ (2) × (3) × 3. ㉡ 4. 장애물 달리기

1. 이 글은 여러 가지 달리기 운동 경기를 하는 방법과 주의할 점을 설명하고 있으므로, 제목으로 '달리기 운동 경기'가 알맞습니다.
2. (2) 마라톤은 오래오래 달려야 하기 때문에 처음에 너무 빨리 달리면 힘이 빠져서 끝까지 달릴 수 없다고 하였습니다. (3) 이어달리기를 할 때 주고받는 막대는 '배턴'입니다.
3. 쉼표 뒤에는 ∨를 하고 조금 쉬어 읽습니다.
4. 허들을 뛰어 넘는 그림으로 보아, '장애물 달리기'라는 것을 알 수 있습니다.

★ 시에서 흉내 내는 말을 따라 써 봅니다. 상황에 어울리는 다른 흉내 내는 말을 생각하여 씁니다.

1. ③ 2. ㉯ 3. 예 동글동글→둥글둥글, 팔딱팔딱→통통통

1. ㉢은 소리나 모양을 흉내 내는 말이 아니고, 복사꽃이 핀 곳을 나타냅니다.
2. '팔짝'은 '가볍고 힘 있게 뛰어오르는 모양'을 나타내는 흉내 내는 말입니다.
3. 밑줄 친 흉내 내는 말이 어떤 소리나 모습을 나타내는지 생각하며 어울리는 다른 흉내 내는 말로 바꾸어 써 봅니다. (예 동글동글→똥글똥글 / 팔딱팔딱→폴짝폴짝 / 탱글탱글→탱탱, 둥글둥글 / 대굴대굴→대구루루, 도르르)

1. ⑤ 2. 예 대굴대굴, 때구루루 3. ㉯ 4. (2) ○

1. 3연에서 밤 한 톨이 낮잠 주무시는 할아버지 주머니 속에서 굴러 나왔다고 하였습니다.
2. '떽떼굴'은 밤이 굴러가는 모습이나 소리를 흉내 내는 말입니다. '대굴대굴, 때굴때굴, 때구루루, 또르르' 등의 흉내 내는 말로 바꾸어 쓸 수 있습니다.
3. ㉡의 '밤'은 '밤나무의 열매'를 뜻합니다. ㉮, ㉰, ㉱의 '밤'은 '해가 져서 어두워진 때부터 다음 날 해가 떠서 밝아지기 전까지의 동안'을 뜻합니다.
4. ㉢은 숯불에 구워서 뜨거워진 밤을 '호호 불어서' 식히는 모습을 표현한 것입니다.

4주 118~119쪽 개념 톡톡

★ 주어진 장면에서 인물이 하는 행동을 살펴봅니다. 인물의 행동과 관련하여 자신의 생각을 알맞게 표현한 친구의 말에 색칠합니다.

4주 120~121쪽 독해력 활짝

1. (2) ○ **2.** (3) ○ **3.** ④

1. 글쓴이는 할머니께서 설거지를 하고 허리가 아프시다고 하셔서 할머니의 허리를 주물러 드렸습니다.
2. (1) 글쓴이는 물고기를 잡으려고 하지 않았습니다. (2) 물고기가 무엇에 놀랐는지 갑자기 튀어 올랐다고 하였습니다.
3. 민준이가 먼저 진수의 팔을 잡아당겨서 진수가 민준이의 팔을 떨쳐 내려다가 민준이가 밀려서 넘어진 것입니다. 진수가 공을 빼앗으려고 민준이를 밀어서 넘어뜨린 것은 아닙니다.

4주 122~123쪽 독해력 쑥쑥

1. ④ **2.** ③ **3.** ④ **4.** (3) ○

2. '~ㄹ까'의 형태로, 물음이나 추측을 나타내는 문장 끝에는 '물음표(?)'를 씁니다.
3. '마음이 놓였습니다.'는 '걱정이나 근심이 사라지고 마음이 편안해졌습니다.'라는 뜻입니다. 이어지는 내용을 통해 글쓴이의 마음을 짐작해 봅니다.
4. (1) 글쓴이는 엄마가 알려 주지 않은 길을 통해 집으로 가려다가 길을 잃어버릴 뻔하였습니다. (2) 글쓴이는 몇 달 전에 이사를 와서 동네에 대해 잘 모른다고 했습니다.

4주 124~125쪽 개념 톡톡

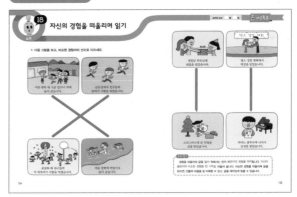

★ 주어진 그림의 상황을 파악하고, 이와 유사한 상황의 그림을 찾아 선으로 잇습니다.

4주 126~127쪽 독해력 활짝

1. (3) ○ **2.** (3) ○ **3.** ②

1. 글쓴이는 할머니와 부모님께 세배를 드렸다고 하였습니다.
2. 글쓴이는 낮에 『여우 누이』라는 책을 읽었는데, 밤이 되자 그 이야기가 떠오르며 무서운 생각이 들었다고 하였습니다.
3. 수아는 장래 희망을 발표하는데 떨려서 말을 더듬었습니다. 이와 비슷한 경험을 떠올리며 수아의 마음을 짐작한 친구는 하린입니다.

4주 128~129쪽 독해력 쑥쑥

1. ㅋ **2.** ④ **3.** ② **4.** (3) ○

1. '맛있는 음식을 만들고 계신다'라는 뒤의 내용으로 미루어 ㉠에 들어갈 낱말이 '부엌'이라는 것을 알 수 있습니다. 따라서 ㉠에 들어갈 받침은 'ㅋ'입니다.
2. 글쓴이는 오늘따라 그림이 아주 멋지게 그려졌다고 하였습니다.
3. ㉢은 동생 지우가 그림에 선을 죽 그어 버렸을 때 놀라고 화가 나서 한 말입니다.
4. 지희가 멋지게 그린 그림을 동생이 망쳐 버렸습니다. 엄마는 어린 동생이 그런 것이니 지희에게 이해하라고 말씀하셨습니다. 이와 비슷한 경험을 말한 친구를 골라 봅니다.

★ 주어진 상황에서 인물들이 겪은 일이 무엇인지 살펴
봅니다. 그러고 나서 겪은 일과 어울리는 생각을 골라
봅니다.

1. ㉡, ㉣, ㉤ 2. (1) ① (2) ③ (3) ②
3. (1) 속상하였습니다 (2) 뿌듯하였습니다

2. 글쓴이는 ㉠에서 깜짝 놀랐다고 했고, ㉡에서 지루했
다고 했으며, ㉢에서는 재미있어서 절로 웃음이 났다
고 하였습니다. 이를 나타낸 표정을 각각 선으로 연결
합니다.
3. (1) 카네이션을 멋지게 만들고 싶은데, 뜻대로 되지 않
았을 때의 생각이나 느낌을 골라 봅니다. (2) 내 선물
을 받고 엄마 아빠가 좋아하시는 모습을 본 느낌을 골
라 봅니다.

1. ④, ⑤ 2. ② 3. ∨, ∨∨ 4. (2) ○

1. ㉠, ㉡, ㉢은 글쓴이가 겪은 일을 쓴 것입니다.
2. 벚꽃은 연한 분홍색과 하얀색이라서 밤에도 아주 잘
보였다고 하였습니다.
3. 쉼표 뒤에는 ∨를 하고, 조금 쉬어 읽습니다. 마침표
뒤에는 ∨∨를 하고, ∨보다 조금 더 쉬어 읽습니다.
4. (1)은 엄마 아빠가 밤에 꽃구경을 가자고 했을 때, 글
쓴이가 이상하다고 생각한 것과 어울리는 표정입니
다. (3)은 꽃잎을 맞으니까 기분 좋은 꿈을 꾸고 있는
것 같았다는 느낌과 어울리는 표정입니다.

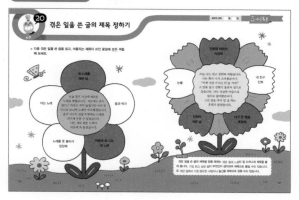

★ 주어진 글에서 글쓴이가 겪은 일과 느낌을 살펴보고,
이를 나타낼 수 있는 제목을 찾아 색칠합니다.

1. (2) ○ 2. (3) ○ 3. ④

1. 글쓴이에게 어떤 일이 있었는지 알아보고, 그 일을 나
타내는 제목을 찾아봅니다. 글쓴이는 오늘 독감 예방
주사를 맞았습니다.
2. 글쓴이는 용감한 척하다가 천둥소리에 놀라 비명을
질러서 은수에게 창피했다고 하였습니다. 이러한 느
낌이 드러나게 제목을 지은 친구를 골라 봅니다.
3. 글쓴이가 어떤 일을 겪었는지, 그때 느낌은 어땠는지
파악합니다. 글쓴이는 훌라후프 돌리기를 하며 어렵
다고 말했습니다.

1. ③ 2. ④ 3. ㅖ 4. (1) ③ (2) ② (3) ①

1. 형은 치킨을 혼자 다 먹고는 동생에게 시치미를 뗐습
니다.
2. 글쓴이가 겪은 일이나 그에 대한 느낌이 드러난 제목
을 골라 봅니다. 형은 혼자 치킨을 다 먹고, 글쓴이에
게 거짓말을 했습니다. 글쓴이는 그런 형을 얄미운 욕
심쟁이라고 생각했습니다.
3. 뒤의 문장을 통해 ㉡에 들어갈 말이 '안 계셨습니다.'
라는 것을 알 수 있습니다. '계' 자에 쓰인 모음자는
'ㅖ'입니다.

축하합니다!
A2권 독해 능력자가 되었네요.
B1권에서 다시 만나요!

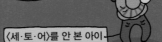

세토 시리즈
래빗 포인트

★★ **래빗 포인트 적립하기**

🐰 **포인트 번호**

C1BH-2JB2-V5G8-8860

1 **래빗 포인트란?**

NE능률 세토 시리즈 교재 구매 시
혜택을 드리는 포인트 제도입니다.
1권 당 1P가 적립되며, 5P 적립마다
경품으로 교환 가능합니다.
(시리즈 3종 포함 시 추가 경품 증정)

2 **포인트 적립 방법**

1 세토 시리즈 교재 구입
2 래빗 포인트 적립 페이지 접속
  (QR코드 스캔)
3 NE능률 통합회원 로그인
4 포인트 번호 16자리 입력

3 **포인트 적립 교재**

- 세 마리 토끼 잡는 독서 논술
- 세 마리 토끼 잡는 초등 독해
- 세 마리 토끼 잡는 급수 한자
- 세 마리 토끼 잡는 초등 어휘
- 세 마리 토끼 잡는 역사 탐험
- 세 마리 토끼 잡는 초등 한국사

★ **포인트 유의사항** ★

- 이름, 단계가 같은 교재의 래빗 포인트는 1회만 적립 가능하며, 포인트 유효기간은 적립일로부터 1년입니다.
- 부당한 방법으로 래빗 포인트를 적립한 경우 해당 포인트의 적립을 철회하고 서비스 이용을 제한할 수 있습니다.
- 래빗 포인트에 관한 자세한 사항은 래빗 포인트 적립 페이지 맨 하단을 참고해주세요.

NE능률